책책책!
출판사
습격기

책책책! 출판사 습격기

초판 1쇄 발행 2009년 7월 30일 ＼**초판 3쇄 발행** 2016년 7월 10일
기획 김흥식 ＼**진행** 조희경
글·사진 강유정, 김경선, 김경애, 김미경, 김선경, 김지선, 김진영, 박은경,
배은정, 안진영, 이수경, 이승실, 이혜진, 장은진, 정수정, 조희경, 한정민
지원 경기도, (사)출판도시입주기업협의회
펴낸이 이영선 ＼**편집 이사** 강영선 ＼**주간** 김선정 ＼**편집장** 김문정
편집 임경훈 김종훈 하선정 유선 ＼**디자인** 정경아
마케팅 김일신 이호석 김연수 ＼**관리** 박정래 손미경 김동욱

펴낸곳 서해문집 ＼**출판등록** 1989년 3월 16일(제406-2005-000047호)
주소 경기도 파주시 광인사길 217(파주출판도시) ＼**전화** (031)955-7470 ＼**팩스** (031)955-7469
홈페이지 www.booksea.co.kr ＼**이메일** shmj21@hanmail.net

ISBN 978-89-7483-394-7 03810
값 9,500원

이 책은 좋은 책을 많이 알리고, 독자 여러분들의 다양하고 깊이 있는 독서 생활을 돕기 위해 만들었습니다.
이러한 출간 취지에 부합할 경우 책 내용을 자유롭게 이용하실 수 있습니다.

이 도서의 국립중앙도서관 출판시도서목록(CIP)은 e-CIP 홈페이지(http://www.nl.go.kr/ecip)에서
이용하실 수 있습니다.(CIP제어번호: CIP2009002086)

책책책!
출판사 습격기

일상탈출 책벌레들의 거침없는 인문 출판사 탐방

글·사진 조희경 외

서해문집

일러두기

1. 이 책은 (사)출판도시입주기업협의회와 경기도가 공동으로 실시한 〈기업맞춤형 전문취업 교육－출판편집 과정〉 수강생과 이 책에 소개된 출판사들 그리고 출판사 소속 출판인들이 공동으로 만들었습니다. 특히 출판사들의 적극적인 지원이 큰 힘이 되었습니다.

2. 이 책은 경기도의 경제적 지원을 받아 제작되었습니다.

3. 이 책에 소개된 출판사들은 수강생과 기획자가 공동으로 협의, 선정하였습니다. 일반 교양 단행본 출판사를 중심으로, 규모 면에서 편중되지 않도록 하였습니다. 단, (사)행복한아침독서는 도서 관련 정기간행물 출간하고 독서 운동을 하는 단체로서 선정하였습니다.

4. 이 책에 사용된 원고와 사진은 모두 수강생들이 직접 쓰고 찍은 것입니다.

5. 이 책의 제작에 참여한 수강생들은 다음과 같습니다.
강유정, 김경선, 김경애, 김미경, 김선경, 김지선, 김진영, 박은경, 배은정, 안진영, 이수경, 이승실, 이혜진, 장은진, 정수정, 조희경, 한정민

책을 좋아하는 모든 분들께

수십 년 전부터 출판사를 꿈꾸어 왔다. 그리고 수십 년 전, 출판사가 너무 궁금해서 직접 찾아간 적이 있었다.

'출판사에서는 어떤 사람들이 모여 어떻게 책을 만들까?'

책을 좋아하는 사람들은 누구를 막론하고 그 어느 곳보다 출판사 내부가 궁금하고, 출판사에서 일하는 사람들이 궁금할 것이다. 필자도 그랬다.

지금처럼 화려한 불빛이 없던 시절의 마포 한 구석, 수줍게 자리한 한국출판협동조합에 입주해 있던 출판사 가운데 한 곳이었던 듯하다. 퀴퀴한 종이 냄새와 흐릿한 전구만이 떠오른다. 그러나 그곳에 처음 발을 들여놓았을 때의 설렘은 지금도 잊히지 않는다. 이 책은 필자의 그런 추억과 바람을 바탕으로 기획되고 만들어졌다.

'세상 모든 사람들은 분명 출판사와 출판인들을 궁금해할 거야.'

솔직히 정말 그런지는 잘 모르겠다. 그러나 필자가 만난 많은 사람들은 출판사가 어떤 곳인지, 책은 어떻게 만들어지는지 알고 싶어 했다. 책 만드는 이들과 호흡하고 이야기하기를 원했다.

이 책은 그렇게 오래전부터 필자가 꿈꾸어 온 것이었다. 그러나 힘에 겹고 게으르기도 하고 엄두가 나지 않아 미루어 두었던 숙제였다. 그런데 우연찮게도 좋은 기회가 주어졌다. 경기도와 파주출판도시입주기업협의회가 공동으로 여성 전문인력 양성을 위한 〈기업 맞춤형 전문취업교육—출판편집 과정〉을 실시한 것이다. 그리고 필자는 이 교육의 책임자로 일하게 되었다. 물론 취업을 위한 교육이었지만 이 과정에 참여한 분들은 수동적인 취업 준비생이 아니라 능동적이고 적극적이며, 그 누구보다 책을 좋아하는 분들이었다. 교육을 진행하는 하루하루가 즐거운 시간이었고, 필자 개인적으로는 출판인으로서의 삶을 되돌아보는 반성의 시간이기도 했다.

교육이 끝날 무렵, 필자는 이분들과 함께 미루어 두었던 숙제를 하기로 결심했다. 시간과 능력, 돈 등 모든 것이 부족했지만 모두가 힘을 합치면 안 될 일이 없을 터였다. 그렇게 필자가 만용을 부린 결과, 열일곱 명의 교육생들은 모두 진이 빠질 만큼 힘을 써야만 했다. 물론 신나는 일이기도 했지만.

이 책의 탄생 배경이 교육의 결과물이라 하더라도, 그 내용과 체제는 출판사와 출판인에 대한 궁금증을 품고 계신 모든 독자 여러분을 결코 실망시키지 않을 거라 확신한다. 만일 한 분이라도 그런 분이 계시다면 그건 오로지 큰소리만 쳐놓고 게으름을 피운 필자 탓이다.

책을 좋아하고 평생의 벗으로 삼고 계신 많은 독자 분들이 이 책을 통해 출판사와 출판인들을 이해하는 계기가 되었으면 한다. 나아가 가까운 곳에 있는 출판사를 찾아 오늘도 힘겹게 원고와 씨름하고 있는 출판인들과 차 한 잔 나눌 수 있게 된다면 더 이상 바랄 게 없다.

기획자의 글

기획 및 진행자 **김흥식**

책과 출판사, 그 신비한 매력 속으로

심학산 아래 갈대숲이 우거진 샛강 주변에 자연과 어우러진 멋스러운 출판도시가 있습니다. 건물들은 각각의 개성을 뽐내면서도 책을 주제로 만든 큰 조형물을 나누어 놓은 퍼즐 조각같이 조화롭고 평화롭게 자리 잡고 있습니다. 우리는 사방으로 책의 향기가 느껴지는 이곳에서 만났습니다.

각자 다른 이력을 가진 1기 출판편집 교육생들은 책을 좋아하는 공통점을 가지고 있었기에 호기심과 열정으로 눈빛이 빛났습니다. 학창 시절보다도 더욱 집중력 있게 강의에 몰두해 강사님들도 '놀라운 집단'이라며 혀를 내두르셨습니다.

책을 즐겨 읽으면서 출판사와 출판인에 대한 나름대로의 생각들이 있었지만, 교육을 받으면서 알게 된 출판사는 정말 새롭고 흥미로운 곳이었습니다. 그래서 실제로 출판사를 방문했을 때는 물고기가 물을 만난 듯 구석구석을 찾아다녔습니다. '그냥 인터뷰만 간단히 하고 가겠지…….' 하고 생각했을 출판사 입장에서는 우리의 방문이 그야말로 '습격'처럼 느껴졌겠지요.

출판사에 처음 갔을 때, 인터뷰 녹취도 꼼꼼히 하고 사진도 열심히 찍었습니다. 하지만 의욕만 앞서서인지 꼭 필요한 인터뷰를 빠뜨리기도 했고, 찍어 온 사진들은 제대로 사용할 수 없는 것이 많았습니다. 두 번 세 번 방문을 하고 나서야 제대로 된 자료를 얻을 수 있었습니다. 어렵게 자료를 모아 쓴 글들도 얼굴이 화끈거릴 만큼 부끄러운 것들이 많았습니다. 책이 얼마나 어렵게 만들어지는지 온몸으로 배우는 과정이었습니다. 그러면서도 교육생들은 출판사에서 만들어진 책을 보고, 스스로 책을 쓰면서 그 신비로운 매력 속에 빠져들었습니다.

이 책을 만들면서, 그전에는 상상도 못 했을 복잡한 일들과 힘겨운 고민들이 책에 담겨 있음을 알게 되었습니다. 한 권의 책은 많은 사람의 노력의 결과물로, 한 글자 한 글자를 실 삼아 뜨개질 하듯 엮어서 정성스럽게 만들어진다고 생각합니다. 그런 숨겨진 과정들을 이 책에 담아 보고자 했습니다.

이 책을 내기까지 많은 도움을 주신 서해문집 김흥식 대표님, 출판편집 교육을 받게 지원해 주신 경기도와 출판도시입주기업협의회에 감사를 드립니다. 더불어 취재에 적극적으로 협조해 주신 각 출판사 임직원 여러분께도 깊은 감사를 드립니다.

지은이를 대표하여 **조희경**

차 례

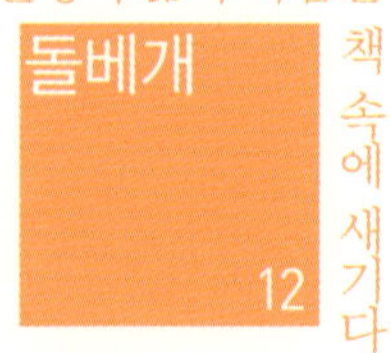

장준하 선생의 삶과 죽음을
돌베개
책 속에 새기다
12

아무도 하지 않으려는 일을 하고
보리
그 결실을 나누는 이들
38

사계절
시대정신을 고민하고
성장의 의미를 생각한다
62

쉬지 않고 페달을 밟는 1人 출판사의 롤모델
산처럼
82

장준하 선생의 삶과 죽음을
책 속에 새기다

Dolbegae
돌베개

돌베개 출판사는 돌베개다. 아무리 베고 자도 결코 헤지거나 닳아 없어지지 않는 베개, 어느 순간에도 편안함보다는 단호함을 제공해 주는 베개, 어느 곳에서건 찾을 수 있으나 찾고자 하는 사람에게만 모습을 드러내는 베개. 돌베개 출판사는 그런 베개 같은 출판사다.

‘돌베개’는 1975년 등산 중 의문의 사고를 당해 세상을 떠난 장준하 선생의 자서전 제목이다. 장준하 선생은 잘 알려져 있다시피 일본군에 징집되었다가 탈출, 광복군에 입대한 후 특수부대원으로 훈련받던 중 광복을 맞았다. 중국에서 독립운동을한 장준하는 같은 땅에서 일본군 장교로 독립군을 잡아들이는 역할에 충실했던 박정희를 결코 용서할 수 없었다. 그런 까닭에 “모든 백성이 대통령 자격이 있다 해도 박정희만은 안 된다”고 외쳤던 것이다. 이 사실 하나만으로도 장준하 선생이 왜 등산 중에 의문의 추락사를 당했는지 짐작할 수 있을 것이다. 그가 박정희 독재 체제 밑에서 끊임없이 민주와 자유, 통일을 위해 싸운 것은 그의 이력을 떠올리면 당연한 결과일 것이다.

돌베개는 돌베개다

돌베개 출판사는 돌베개다. 아무리 베고 자도 결코 헤지거나 닳아 없어지지 않는 베개, 어느 순간에도 편안함보다는 단호함을 제공해 주는 베개, 어느 곳에서건 찾을 수 있으나 찾고자 하는 사람에게만 모습을 드러내는 베개. 돌베개 출판사는 그런 돌베개 같은 출판사다.

돌베개 출판사는 그래서 장준하 선생의 삶에 누가 되는 책은 내지 않는다. 아니, 독자들 때문에라도 그럴 수가 없다. 실제로도 30년 전 출판사가 생긴 이후 지금까지 그런 책은 없는 듯하다. 그런 책이 있다고 여기는 독자께서는 즉시 신고해 주시기 바란다.

한철희 사장이 돌베개와 연을 맺은 지는 20년이 조금 넘었다.
대학 시절 선배의 소개로 번역을 한 적이 있는데 그 일이 인연
이 되어 지금까지 이어져 오고 있다.

벽 한 면이 책으로 가득 찬 한철희 사장의 방.
책장과 책상이 멋스럽다.

"출판사에 특별히 관심이 있었던 것은 아니고, 아는 선배가 돌베개 편집자로 있었는데 번역 일이 있으니까 좀 해보라고 해서 그때 잠깐 일을 했죠. 그리고 대학 졸업하고 3년 동안 다른 일을 하다가 다시 돌베개로 돌아와서 일을 하게 됐어요."

한 사장은 겸손하다. 몸매에서 볼 수 있듯이 오만함이 붙어 있을 자리가 없다. 체중계가 없어서 재보지는 못했지만 아마 60kg도 나가지 않을 것이다. 그러니 그 몸에 어디 오만함이 붙어 있겠는가.

한철희 사장은 설탕과 크림이 든 커피를 마셔야 살이 찔 것이다. 그러나 그는 커피를 마시지 않는다. 마시지 못하는 것일지도 모른다. 위가 약해서 견뎌 내기 힘들지도 모르고 혹시라도 스멀거리며 몰래 붙을지도 모르는 오만함을 경계하기 위해 맑디맑은 녹차를 마시기 때문인지도 모른다. 여하튼 그의 방에는 녹차 다기가 놓여 있다.

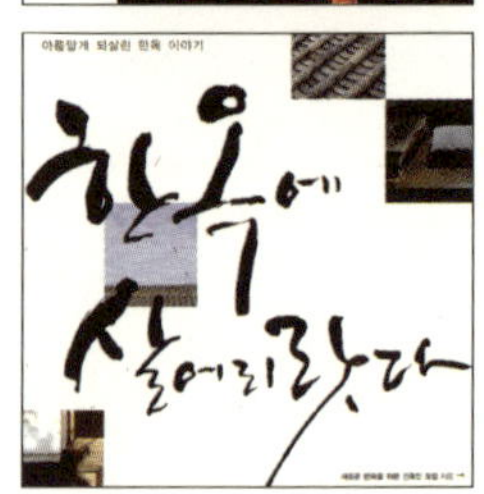

돌베개 출판사는 일찌감치 파주출판도시로 이사를 해 왔다.

"파주로 오긴 전에는 서교동, 드라마 〈커피 프린스〉로 유명해진 카페 바로 옆 허름한 건물에 있었어요. 여기 와서 살림이 폈죠."

한 직원의 말이다. 돌베개에서만 10년 이상을 근무한 직원이니 온전히 자의적인 판단은 아니겠지만 요즘같이 책을 멀리하는 시대에 살림이 폈다는 말을 들으면 많은 독자들은 "뭥미?" 하며 의아해할지도 모른다. 아, 출판이 한몫 잡기 좋은 사업이라고 여기는 예비 출판창업자들에게는 썩 구미가 당기는 말일지도 모른다. "저런 책을 내는 출판사도 살림이 펼 정도라면… 흐흐흐." 하고 말이다.

그러나 꿈을 깰 일이다. 돌베개는 30년 (이는 결코 짧은 기간이 아니다. 우리나라에서 30년 이상 꾸준히 한길을 파는 출판사는 손으로 꼽을 정도에 불과하다. 의심이 가는 독자라면 온 가족이 모여 그런 출판사를 찾아보시기 바란다) 동안 변함없이 한길을 이어 온 출판사다. 그런 시절을 견뎌 왔기에 오늘날 살림이 폈다는 말을 할 수 있는 건지도 모른다. 그러나 이 또한 출판사 입장에서만 할 수 있는 말이다. 출판계에서 살림이 폈다는 말은 일반 기업들과 개념이 다르다. 출판계에서 살림이 폈다는 말은 근근이 월급 안 밀리고, 야근할 때 밥 먹고, 내고 싶은 책 낼 수 있다는 뜻이다. 해외에 부동산 투자하고 기사가 딸린 자가용을 굴린다는 뜻이 아니란 말이다.

30년 돌베개 역사에서 소중하지 않은 책이 없겠지만, 그래도 돌베개란 이름을 독자들에게 크게 각인시킨 책들이 있다.

첫 번째로는 《백범일지》를 꼽을 수 있다. 《백범일지》는 시중에 출간된 것만 20여 종이 넘을 만큼 '흔한' 책이다. 대부분 1947년 출간된 국사원본을 저본으로 삼았는데, 국사원본은 원본에 비해 많은 부분이 축약·삭제되어 있는 것이었다. 일부 원본에 근거한 책들도 원본 자체가 가지고 있는 오류와 착오를 그대로 싣고 있어 출간된 지 50년이 되도록 정본이라 부를 만한 것이 없던 상황이었다. 이에 비해 돌베개에서 낸 《백범일지》는 친필 원본을 기준으로 다양한 판본을 검토·대조하고 전문가들의 자문을 받아 각종 오류와 착오를 바로잡았다. 또한 백범이 구술하고 측근이 기록한 뒤 유족이 보관 중이던 추가본을 새로 실었다. 특히 이 책의 주해자인 도진순 교수는 백범 관련 글과 논문만 10여 편을 발표한 이 분야 권위자로 4년여에 걸친 집중 작업을 통해 '정본 《백범일지》'에 완벽함을 더했다.

이런 치열한 노력으로 낸 결과물은 TV 프로그램에도 소개되어 《백범일지》는 그야말로 전 국민적인 사랑을 받는 책이 되었고, 그저 그런 소규모 출판사였던 돌베개의 위상을 한 단계 끌어올렸다.

신영복 선생의 책 《감옥으로부터의 사색》도 빼놓을 수 없는 대표작이다. 《감옥으로부터의 사색》은 원래 햇빛출판사에서 나왔는데, 1998년 그림과 편지 원본 등을 추가한 증보

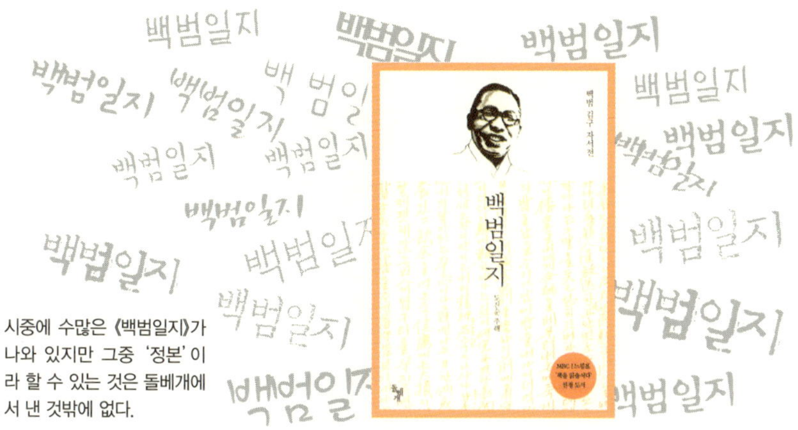

시중에 수많은 《백범일지》가 나와 있지만 그중 '정본' 이라 할 수 있는 것은 돌베개에서 낸 것밖에 없다.

판부터 돌베개에서 내기 시작했다. 1968년 통일혁명당 사건으로 무기징역을 선고받은 저자가 교도소에서 가족에게 보낸 편지들을 묶은 것으로, 그 안에는 인간과 관계, 세계와 역사에 대한 깊이 있는 통찰이 담겨 있다. 책에 실려 있는 글들은 1976년부터 88년까지 작성된, 이미 20~30년이 지난 글들이다. 그럼에도 지금까지 독자들의 꾸준한 사랑을 받는 것은 저자의 고민이 진실하기 때문이며, 그 고민이 책을 읽은 독자들로 하여금 스스로의 삶을 찬찬히 돌아보게 만들기 때문이다. 어느새 고전 대접을 받고 있는 이 책은 '우리 시대 최고의 수상록' 이란 찬사를 받기도 했다. 초판부터 따지면 총 판매 부수가 50만 부에 이르며 현재도 매년 2만 부씩 팔리고 있다 하니 좋은 책은 시대를 뛰어넘는다는 것을 보여 주는 좋은 사례로 남을 듯하다.

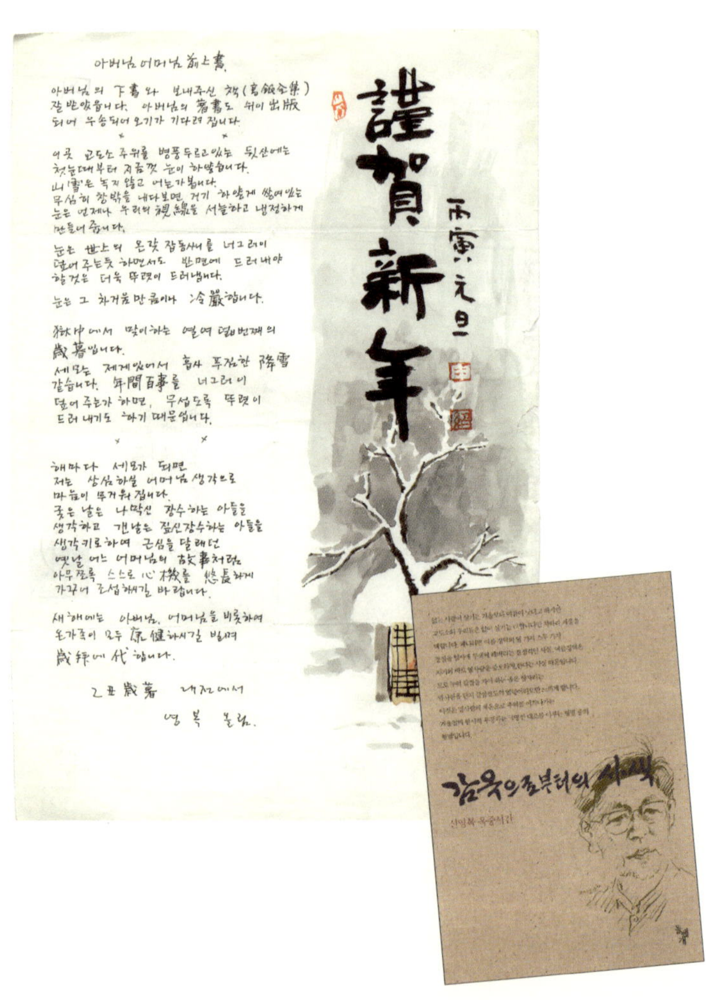

우리 시대의 고전 《감옥으로부터의 사색》.
저자 신영복 선생은, 정보가 없는 곳에서의 논리적이고
성찰적인 사고가 정보의 홍수 속에 힘들어하는 이들의
공감을 얻은 것 같다고 말한다.

책은 어느 순간 탁 하고 세상에 나타나는 것이 아니다. 책을 만드는 과정은 책의 내용과 저자, 글의 형태와 대상 독자 등에 대한 끊임없는 고민과 결정, 노력의 연속이다. 그래서 생긴 지 얼마 안 되거나 규모가 작은 출판사의 경우 대표의 인맥이나 관심사에 의해 원고를 받아오는 경우가 많다. 그렇다면 신선하고도 무게 있는 책을 내면서도 독자들의 꾸준한 사랑을 받고 있는 돌베개는 어떤 방식으로 책을 낼까? 대표가 유명 필자를 많이 알고 있을까?

돌베개는 편집자들이 직접 기획을 하는 경우가 많다고 한다. 돌베개 편집자들은 어쩌다 돌베개에 들어온 것이 아니라, 관심 분야에 대한 책을 너무도 내고 싶어서 온 경우가 대부분이다.

인문고전팀 이경아 팀장의 말에 따르면 돌베개는 편집자들이 직접 기획을 하는 경우가 많다고 한다. 돌베개 편집자들은 어쩌다 돌베개에 들어온 것이 아니라, 관심 분야에 대한 책을 너무도 내고 싶어서 온 경우가 대부분이다. 자신이 맡은 분야에서 출간된 책은 무엇이며 출간되지 않은 내용은 무엇인지 줄줄 꿰고 있는 건 기본이요, 일하는 시간 외에도 끊임없이 자기 분야에 대한 공부를 한다고 하니 기획 거리가 늘 넘치지 않을까 싶었다. 편집자들이 내놓은 기획안은 여러 회의를 거쳐 통과되는데, 이때 한철희 사장은 아무리 재미있는 기획이라도 깊이 있게 만들 것을 주문한다. 그렇게 해서 책을 내면 당장 잘 팔리지는 않지만, 오랜 시간에 걸쳐 독자의 관심과 사랑을 받는다. 바로 그런 모습에서 돌베개의 힘이 만들어지는 것 같았다.

건물 2층과 3층에 있는 사무실 모습.
도서관처럼 고요한 풍경에 걸음걸이마저 조심스러워졌다.

이렇게 해서 생긴 돌베개에 대한 신뢰는 또 다른 책을 내는 원동력이 된다. 바로 저자들이 스스로 원고를 들고 찾아오는 것. 물론 다른 출판사에도 출간을 제안하는 수많은 원고들이 들어오지만, 돌베개에 들어오는 원고는 출판사에 대한 믿음을 바탕으로 반드시 돌베개에서 출간하길 희망하며 들어오는 것들이 많다. 최근 출간되어 좋은 평가를 받은 《서울은 깊다》나 《밖에서 본 한국사》도 저자들이 원고를 들고 직접 찾아와서 낸 책들이다. 이렇게 돌베개에는 '좋은 출판사에 좋은 원고가 들어오고 그렇게 해서 좋은 책을 내게 되는' 선순환 구조가 자리 잡고 있다.

이경아 팀장은 11년차 편집자로 돌베개 출판사에 6년째 근무 중이다. 한 회사에서 6년 근무하는 게 뭐 그리 대단한 거냐고 묻는 독자가 있을 수 있다. 그러나 한 회사에서 3~4년만 근무해도 "떠날 때가 된 것은 아닐까?" 하고 자문하게 되는 것이 우리나라 출판계의 현실이다. 한 출판사에서 6년째 근무 중이고 앞으로도 돌베개를 떠날 계획이 없다는 이 팀장의 모습에서 돌베개가 얼마나 사람대접에 성실한 출판사인지 알 수 있었다.

돌베개를 대표해 이 팀장이 나선 것은 위와 같은 사정 외에도 돌베개의 팀장 중심 체제 때문이기도 하다. 돌베개에는 편집을 총괄하는 편집장이나 주간 제도가 없다. 그래서 각 분야를 책임지고 있는 팀장이 전권을 행사한다. 돌베개 편집부는 인문사회·인문고전·문화예술 세 팀으로 이루어져 있고, 이 팀장은 이 가운데 인문고전팀을 맡고 있다. 그에게 돌베개와 출판에 관한 이런저런 이야기를 들어 보았다.

Q¹ 대표님이 4층에 사신다고 해서 어떨까 궁금했는데, 불편하지는 않으세요? 사장님이 시시콜콜한 것까지 간섭한다거나.

사장님은 편집과 관련된 일을 편집부에 일임하는 분이세요. 아침에 출근하셨다고 해서 편집부에 들르시는 경우도 없고요. 그냥 편집자가 자율적으로 일해요. 그래서 사장님이 출근하셨는지도 잘 모를 때가 많아요. 대신 각 팀별로 업무 일정을 매주

작업 중인 이경아 팀장. 편집자답게(?) 책상이 복잡하다.

보고하는 그런 체계는 있어요. 조금 나태할 수도 있겠죠. 다른 출판사는 야근이나 잔업 같은 것들이 많다고들 하는데 저희는 거의 안 해요. 책도 많이 만드는 편이 아니에요.

Q² 책을 1년에 얼마나 만드는데요?

평균 40권 정도. 1년에 한 사람당 6종이나 7종을 출간하는데, 저희가 내는 책들은 일반적인 대중서와 달라서 많이 낼 수도 없어요. 게다가 책을 기획해서 사장님께 보고하면 아무리 재미있어도 깊이가 없으면 안 된다고 하세요. 그러니까 특별한 경우가 아니면 베스트셀러가 나올 리가 없죠. 그렇지만 많이 팔리지 않아도 쉽게 절판되는 책은 드물어요. 그런 스테디셀러들이 시간이 갈수록 돌베개의 힘이 된다고 생각해요. 하루에 한 권만 주문이 들어와도 그게 40종이면 40권이 되는 거잖아요.

Q³ 책이 절판되지 않으려면 1년에 500권 이상은 팔려야 한다고 하던데.

당연하죠. 아무리 안 나가는 책도 일 년에 1,000부 정도는 나가야 되겠죠.

Q⁴ 책이 어렵다 보니까 집필 기간도 많이 길어질 것 같은데 보통은 얼마나 걸리나요?

기획한 지 10년이 지났는데 아직도 집필 중인 원고들이 있어요. 회사가 오래될수록 그런 것들이 많아지고, 또 재산이 되죠. 처음 출범한 출판사들이 국내 집필진들과 작업을 쉽게 못하는 이유가 있어요. 출판을 시작하려면 1년에 책이 몇 권은 나와야 하는데 국내 필자들의 원고를 기다리려면 힘들죠. 그

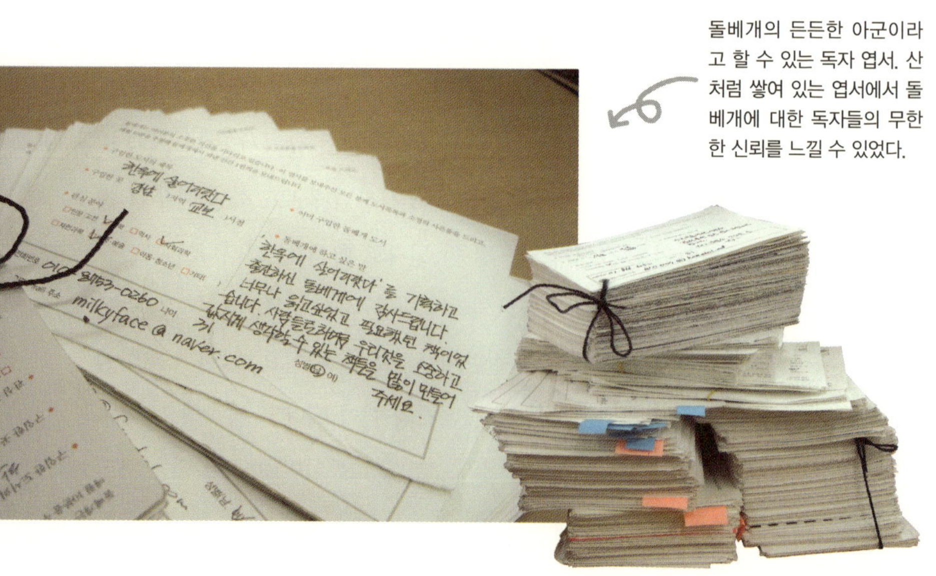

돌베개의 든든한 아군이라고 할 수 있는 독자 엽서. 산처럼 쌓여 있는 엽서에서 돌베개에 대한 독자들의 무한한 신뢰를 느낄 수 있었다.

래서 외국 도서에 눈을 돌려 로열티(저작권료)를 많이 주고 사오는데, 저희처럼 오래된 회사들은 국내 기획을 할 수 있는 바탕이 되니까 원고가 계속 쌓이는 거예요. 그 원고가 집필되는 동안 다른 원고를 진행하면 되니까요. 지금 제가 진행하는 원고는 하나지만 제 책상에는 20개가 넘는 원고들이 쌓여 있어요. 실제 교정 작업을 진행하고 있는 원고가 7~8종이고, 기획된 원고들도 20종이 넘어요.

Q⁵ 지금까지 작업한 책 가운데 기억에 남는 것이 있다면?

신영복 선생님의 《강의》. 그리고 《지금 조선의 시를 쓰라》, 《고추장 작은 단지를 보내니》 같은 연암 박지원 관련 책들을 들 수 있죠. 개인적으로는 돌베개 오기 전 회사에서 진행한 《도쿠가와 이에야스》라는 책도 기억에 남아요.

Q⁶ 인문 도서는 소위 말하는 대박이 나려면 얼마나 팔아야 하나요?

돌베개는 대박을 친 적이 별로 없어서……. 보통 저희는 인문서지만 대중적 성격이 있는 것은 2,000~3,000부 정도를 찍는데, 일반적으로 초판은 소화하고 재판까지는 찍어요. 그렇지만 재판 이상 나가는 책이 그리 흔한 편은 아닌데, 그래도 장기적으로 보면 1년에 1쇄씩 꾸준히 나가는 책이 많아요. 물론 개중에는 1만 부를 넘는 책도 더러 있죠. (그런데 최근 출판업계도 세계적인 경제 위기의 파고를 넘지 못해 심각한 침체 국면을 맞고 있다고 한다. 그래서 출간 종수도 급격히 줄어들고 판매 부수도

예전에 비해 30~40% 줄어들었다니 정말 심각한 상황이 아닐 수 없다)

Q⁷ 독자 입장에서는 제목이 책을 고르는 기준이 되기도 하는데, 제목을 결정하는 과정은 어떤가요?

제목을 정하는 회의는 짧게는 한 번에 끝나기도 하지만 길게는 4~5차까지도 해요. 제목을 정하는 것은 편집자가 계속 고민하는 숙명이라고도 할 수 있어요. 일례로 《강의》를 들 수 있는데요. 책의 판매를 위해서 저자이신 신영복 선생님을 내세워 《신영복의 강의》라든가 《신영복의 동양 고전 강의》라고 하면 학부모들도 호감을 가질 것이 아닌가, 그렇게 해서 청소년 독자까지 공략해 보는 게 어떨까, 하는 논의들이 분분했었거든요. 그런데 결국 《강의》로 결정했어요. 이 이상 솔직한 제목을 찾기가 어려웠던 거죠. 사실 수식어가 많은 제목은 독자들이 제대로 기억하기도 힘들고 기억이 오래가지도 못해요. 그런데도 제목이 길어지거나 다양한 수식어가 들어가기도 하는 까닭은 독자에게 어떻게 하면 쉽게 다가갈 수 있을까, 하는 욕심 때문이에요. 책이 오랫동안 사라지지 않고 독자들에게 기억되려면 정직한 제목이어야 하죠. 그런데 그 정직한 제목 다는 일이 훨씬 어려워요. 정직하게 사는 게 더 어려운 것처럼요.

Q⁸ 그러고 보니 얼마 전에 출간한 《밖에서 본 한국사》란 책도 정직한 제목이란 느낌이 들어요. 우리 역사를 우리 시각에서만 바라보지 말고 타인의 시각에서도 한번 들여다보자고 하

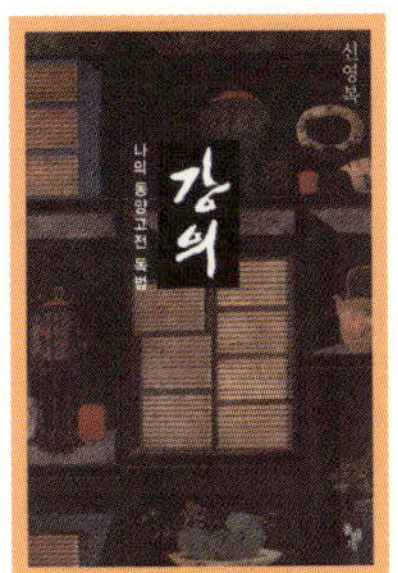
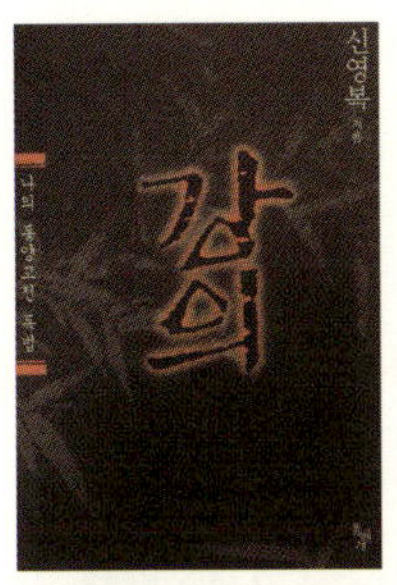

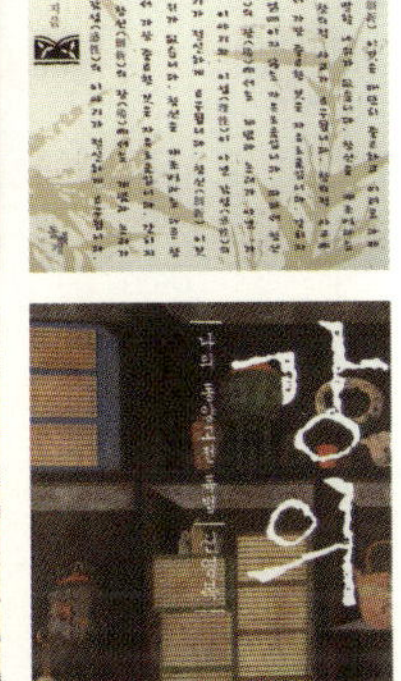

《강의》의 표지 시안들. 이 중 위의 것이 채택되었다. 어느 것 하나 버릴 것이 없어 보인다.

는 취지겠지요. 말씀을 듣고 나서인지 제목이 신선하게 다가오네요.

이 책의 저자이신 김기협 선생님이 중국 역사에 관심이 많으셨고 중국에서 오래 사셨죠. 그런 까닭에 밖에서 우리를 들여다볼 수 있으셨고, 그런 관점에서 써보고 싶어 하셨어요.

Q⁹ 그렇군요. 혹시 저자가 원고를 가지고 오는 경우가 많은가요?

돌베개라는 출판사가 오랜 세월 한 우물을 파온 이력이 있어서인지, 필자 분들께서 신임을 보내시는 것 같아요. 저희 출판사에 어울리는 원고를 직접 들고 오시는 분들이 많으시니까요. 다양한 대중용 교양서를 다른 곳에서 내셨던 분들도 좀 더 인문학적인 책들은 저희 출판사로 가져오시는 경우가 많아요.

Q¹⁰ 돌베개에는 어떻게 입사하게 되었나요?

원래 돌베개를 몰랐어요. 들어오고 나니까 돌베개에서 나온 책들을 많이 읽었더라고요. 보통 책 읽을 때 출판사 보고 읽지 않잖아요.

Q¹¹ 그럼 처음부터 출판 편집 일에 관심이 있었나요?

아니요, 저는 그전에 연구원에 있었는데, 아는 교수님이 제 임기가 끝날 즈음에 편집자 일이 있는데 해볼 거냐 해서 시작하게 되었어요. 처음엔 지금보다 더 재미있었어요. 선배들에게 기초부터 배우고 시키는 일만 했으니까요. 스펀지처럼 쭉쭉 빨아들였죠. 그때만 해도 선배들에게 배워 가며 일하는 풍토가 있었어요. 요즘은 교육기관이 있어서 모두 배워서 들어와요. 게다가 웬만한 외국어 한두 개는 다들 하는 듯하구요. 지금 같으면 저는 못 들어오죠.

Q¹² 책을 기획할 때 가장 신경 쓰는 부분은 무엇인가요?

가장 중요한 건 무엇을 기획하느냐 하는 것이지만, 이것을 이뤄 내기 위해 함량 높은 필자를 찾는 것도 그에 못지않게 중요해요. 우리나라는 필자층이 너무 얇아서 기획 거리가 있어도 집필로 이어지기가 쉽지 않아요. 작가 발굴이 그래서 중요한 것 같아요. 그런 것들이 편집자의 일이기도 하구요.

Q¹³ 출판사에 들어와서 가장 쉽게 접하는 것들이 교정지인 것 같아요. 책 한 권을 출간하는 과정에서 교정·교열은 몇 번 정도 보시는지요?

보통 세 번 정도 봐요. 교정을 외주로 본다고 해도 다시 내부에서 보죠. 특별한 경우 5~6회씩 보는 경우도 있어요.

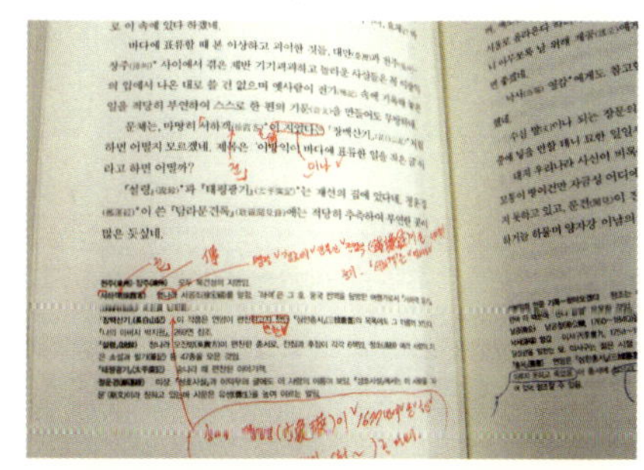

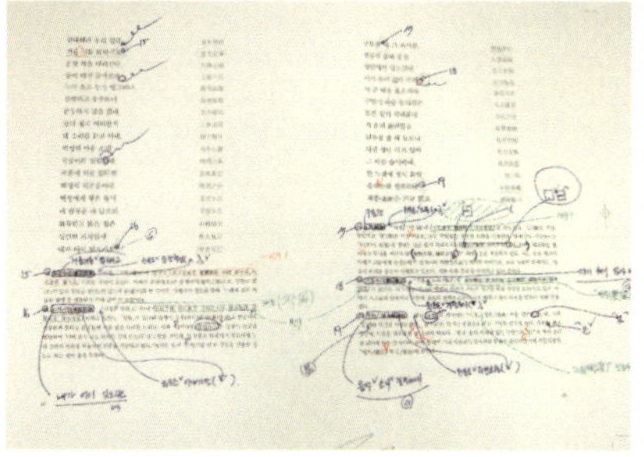

Q¹⁴ 그럼 편집자가 아니라 책을 좋아하는 한 사람의 독자로서 어떤 분야의 책을 좋아하시는지요?

소설 좋아해요, 일본 소설도 많이 보고요. 《공중그네》, 《남쪽으로 튀어》 같은 가벼운 소설도 많이 보고, 김훈 선생님의 팬이라서 《남한산성》을 비롯한 김훈 선생님 작품은 모두 읽었어요. 또 추천해 드리고 싶은 책은 옛날에 나온 것이지만 김주영 선생님의 대하소설 《객주》예요. 만화로도 있지만 꼭 소설로 읽어 보실 것을 권해요.

Q¹⁵ 만약에 편집 일을 안 하셨다면 어떤 일을 하셨을 것 같으세요?

주부? 그래도 책 관련 일을 했을 듯. 그리고 취미로 붓글씨 쓰는 걸 좋아해요. 육아 때문에 지금은 쓰지 못하지만요.

돌베개가 가는 길

지금 세상은 아우성이다. 돈, 돈, 풍요, 풍요. 그것을 얻기 위해, 그것을 얻지 못해 내는 아우성이 세계를 뒤덮고 있다. 세상의 커다란 흐름은 블랙홀처럼 모든 사람을 빨아들이지만, 어느 곳에서든 이 흐름을 바꾸려 안간힘을 쓰는 이들이 있기 마련이다.

돌베개에서 출간하는 책들은 돈과 풍요를 논하지 않는다. 출판계 사람이 아닌 우리로서는 이에 대한 가치 판단을 내릴 수 없다. 다민 돌베개 출판사가 이제껏, 그리고 앞으로 지향해 나갈 방향이 경제적 풍요와는 사뭇 다르다는 사실을 깨달을 뿐이다. 그렇다면 그들은 무엇을 향해 나아가고 있는 것일까?

그것은 책꽂이를 가득 매운 돌베개 30년 역사의 결과물과 1년에 수십 권씩 태어날 새로운 책들을 보며 독자들이 판단할 일이다. 돌베개의 모습을 엿보고 온 우리가 생각하기에 돌베개가 가고자 하는 길과 독자들이 발견한 길 사이는 그리 멀지 않을 것 같다. ▐▌

30년 세월, 돌베개 같은 책들을 내온 돌베개. 그들의 모든 결과물들이 쌓여 있는 창고를 들어가 보았다. 짧지 않은 세월 동안 쌓아 온 그들만의 내공이 책 곳곳에 스며 있는 것 같아 발걸음이 조심스러워졌다. 눈에 불을 켜고 가슴과 머리를 채워 줄 소중한 책들을 찾아보았다.

《야생동물 흔적 도감》은 인문·사회과학 도서를 주로 출판하는 돌베개와는 어울리지 않을 것 같은 도감이다. 이 책은 우리나라에 서식하는 야생동물의 '흔적'을 다룬 책으로 배설물, 발자국, 털, 먹이 흔적 등을 통해 야생동물의 대한 종합적인 정보를 얻을 수 있다. 600여 점의 사진과 세밀화가 들어 있어 책의 내용을 이해하기가 아주 쉽다. 자녀와 부모가 함께 읽으면 좋을 듯.

《월북 예술가, 오래 잊혀진 그들》은 한동안 우리 사회에서 금기시되어 왔던 월북 예술가들을 다룬 작품이다. 이 책은 남북 분단의 현실 속에서 우리 문화 예술사의 빈자리로 남아 있던 부분을 채워 나가고, 월북 이후 그들의 행적을 쫓으며 우리 현대사의 슬픈 단면을 보여 준다. 저자는 관련 자료와 증언을 얻기 위해 북한과 일본의 문헌을 찾는 것은 물론 탈북자, 망명자, 유족까지 찾아가는 등의 수고를 아끼지 않았다고 한다.

《다시 쓰는 한국 현대사》(전 3권)는 어느새 나온 지 20년이 된 책으로, 특히 대학가에서 '다현사'로 불리며 많은 사랑을 받았다. 《다현사》는 기존의 역사서와는 시각 자체가 다른 책이었다. 역사의 중심에 민중을 놓고, 민중의 요구와 역할을 외세와의 관계 속에서 파헤치며 남북한의 민중을 민족사의 주체로 함께 파악하려 했다. 또한 그동안 반공교육에 의해 그 실체를 제대로 알 수 없었던 4·3항쟁, 여순항쟁, 유신

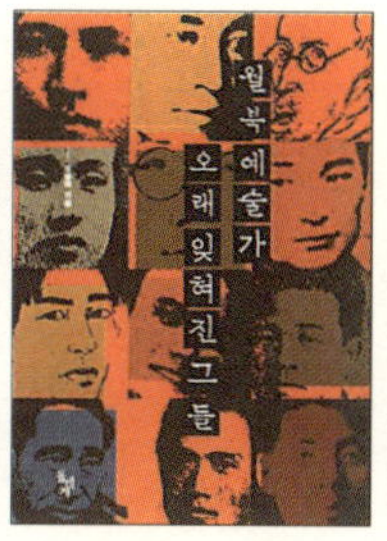

독재, 5·18, 북한 현대사 등에 대해 실체적으로 접근해, 젊은이들의 '의식화'에 큰 역할을 했다. 특히 저자가 스물여섯 살 때, 국가보안법 위반 혐의로 복역하면서 감방 안에서 우유팩을 뜯어낸 종이에 초고를 썼다는 사실이 큰 화제를 불러 모으기도 했다.

《청계, 내 청춘》은 1970년 전태일 열사의 분신 이후 그의 뜻을 이루기 위해 이소선 어머니, 전태일의 친구들, 청계천 일대 의류 노동자들이 모여 만든 청계피복노조의 역사를 소설로 재구성한 책이다. 청계피복노조는 1970년 설립 이후 남한의 민주노조 설립과 근로 조건 개선을 위한 투쟁에 헌신적으로 연대하고, 1987년 6월항쟁에도 주도적으로 참여하는 등 노동운동과 민주주의 발전에 기념비적 역할을 했다. 이 책은 단순한 회고담을 넘어 우리 주변 평범한 사람들이 어떻게 싸워 왔는지를 생생하게 보여 주고 있으며, 전태일의 죽음이 청계피복노조 설립으로 이어졌듯이, 오늘 전태일의 뜻을 잇는 것이 무엇인지를 적극적으로 묻고 있다.

돌베개 창고는 바다 같았다. 발걸음을 옮길 때마다, 손을 뻗을 때마다 보물 같은 책들이 손에 잡혀 어떻게 시간이 흘러갔는지 모를 정도였다. 이 소중한 것을 어찌 혼자만 볼 수 있나. 독자 여러분도 돌베개의 숨겨진 보물을 찾아보시기 바란다. 지금 당장 서점으로 달려가 '돌베개'를 찾아보시라.

아무도 하지 않으려는 일을 하고
그 결실을 나누는 이들

BORI
보리

보리는 겨울을 나는 유일한 곡식이다. 모두가 잠들고 숨어들어 쉬는 겨울 추위 속에서 보리는 싹을 틔우고 봄을 준비한다. 보리가 있기에 가난한 이웃들은 봄에 배를 굶지 않을 수 있었다. 보리 출판사는 지금도 겨울을 산다. 그 누구도 돌아보지 않는 겨울에 싹을 틔우고 이웃들에게 전달할 마음의 양식을 준비한다.

파주출판도시 북쪽 끄트머리에는 갈대
로 뒤덮인 습지가 있다. 이 습지의 왼편
에 있는, 구부려 놓은 푸른색 종이 뭉치
의 굽은 등허리 같은 건물이 보리 출판
사다. 보리의 시작이라 할 수 있는 윤구
병 선생이 도시 건물들의 찌를 듯한 모
서리를 싫어한다는 것을 그분의 책을 읽
어 알게 되었는데, 건물을 직접 보면 건
축 조형미에 관해 까막눈인 사람도 그
둥근 선을 보며 저절로 고개를 끄덕이게
된다.

보리 사옥은 건축 디자인 분야에서 꽤 유명한 건축가가 설계했는데, 자신이 설계한 건물을 함부로 쓰는 것을 아주 싫어한다고 소문이 나 있다. 그런데 그가 보리 건물에 와서 한 번 크게 놀라고 실망해서 다시는 안 온다고 한다. 그 이유는 바로 밥 때문이다.

방문 일정을 잡기 위해 보리 편집부장에게 전화를 했을 때, 그는 점심때쯤 만나서 밥을 같이 먹자고 했다. 보리가 사내에서 밥을 함께 먹는 밥상 공동체라는 것은 이미 알고 있었는데, 직접 한솥밥을 먹을 수 있는 기회가 생긴 것이 기뻤다. 보리의 1층 현관에 들어섰을 때 눈앞에 펼쳐진 광경에 우리 일행은 크게 놀랐다. 보리 1층에는 식당이, 그것도 밖에서 볼 수 있는 진짜 식당처럼 제대로 꾸며 놓은 사내 식당이 있던 것이다. 그리고 한쪽에는 조리와 설거지를 위한 공간이 있다.

처음 보리의 건물을 설계할 때 1층은 전시 예술 공간으로, 중요도에 있어 가장 우선순위에 둔 장소였다. 이 귀한 공간을 '고작 밥 먹는 데' 쓰고 있으니 건물을 설계한 분의 놀라고 실망한 마음을 이해 못할 바는 아니다.

"윤샘도 우리도 밥을 중요시하는 사람들이라 이게 당연한 건데, 사옥 지으신 분 눈에는 아무 생각 없이 건물을 막 쓰는 걸로 비춰졌나 봐요. 그런데 어찌 보면 밥 먹는 일만큼 중요한 일이 없잖아요."

보리에는 인정이 있다. 점심으로 나온 뜨끈한 칼국수와 김치, 찰밥 등을 먹으면서 보리 사람들이 왠지 시골 사람들처럼 보인다는 생각이 들었다. 요즘 시골 인심이 실제 어떤지는 가보지 않아 모르겠지만, 적어도 보리엔 꾸민 듯한 친절이 없고, 이런저런 생색도 없다. 건물 내부도 억지로 꾸민 것이 없다. 책상도 의자도 가전용품도 모두 누군가가 쓰던 것을 가져와 업둥이처럼 끼고 살고 있다. 맥 디자인실의 의자도 예외가 아니고, 왼발로 사정없이 차줘야만 문이 닫힌다는 탕비실의 냉장고, 모서리가 닳아 다리 길이가 제각각인 책상도 식구처럼 편안해 보인다. 모니터에 장식처럼 붙은 얇은 포스트잇도 실은 한 번 쓰고 버리기 아까워 붙여 둔 것들이다.

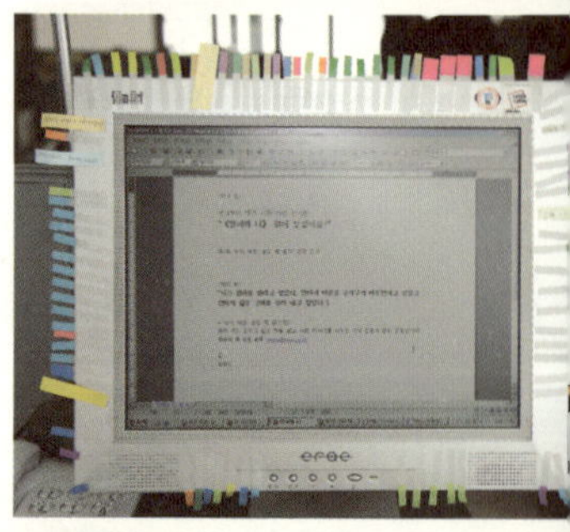

　보리에서 눈에 띄는 것 중의 하나는 층층마다 놓인 분리수거함이다. 그 옆에 얌전히 놓인 귤껍질도 눈에 띈다. 보리 사람들은 쓰레기통에 귤껍질을 섞어 버리는 것을 못 본다. 한번은 회사 차에 누군가 떠먹는 요구르트 용기와 바나나 껍질을 실수로 버려두고 간 일이 있었다. 이에 편집주간이 크게 실망하고 노여워하며 '역추적'에 들어가 범인(?)을 잡아낸 적도 있었다.

　편집부장은 "그게 고의적 유기가 아니라 실수였다 해도 그게 반복된다면 그건 소양의 문제다. 막말로 해고 들어가야 한다"고 말한다. 보리 사람들은 그런 기본적인 것들을 중요시하고 지키고자 노력하는 사람들이다. 새 사람을 뽑을 때도 그런 점을 주로 본다.

　보리를 방문하기 전 가졌던 궁금증 가운데 하나가 보리에서는 인스턴트커피도 안 마실까 하는 것이었다. 보리를 처음 방문했을 때 편집부장이 유리잔에 커피를 내왔는데, 보리 사람들은 커피도 마시지 않을 줄 알았다고 하니까 크게 웃는다.

포스트잇 붙은 모니터와 발로 차야 닫히는 냉장고 등 보리의 소박하고 검소한 삶을 보여 주는 것들.

"2층 영업부 직원들은 손님을 맞을 일이 많은데, 그때마다 일일이 커피 타는 것이 번거로워서 일회용 커피믹스를 사달라고 얘기한 적이 있었어요. 그런데 사지 않았어요. 포장 용기 쓰레기가 너무 많이 나오기 때문이었어요. 종이컵도 그렇고……. 그런데 이런 찻잔을 쓰면 설거지가 좀 번거롭긴 해요."

보리 직원들 대부분은 생협 회원들이다. 요즘 유기농 제품들 가격도 비싼데, 얼마 되지 않는 출판사 월급에 유기농 먹을거리를 먹다 보니 직원들 대부분 엥겔계수가 높은 편이라고.

보리는 말 그대로 보리다. 춘궁기 보릿고개 때 쌀을 대신해 사람들의 주린 배를 채워 주던 굳세고 고마운 곡식 보리처럼, 좋은 책으로 세상 사람들에게 유익이 되고자 한다.

보리는 1988년 9월 보리 기획으로 시작했다. 1988년은 서울 올림픽이 치러진 해다. 모두가 당치도 않은 올림픽으로 정신 빼고 있을 때 우리라도 정신 차리자는 의미로 시작했다고 한다. 보리의 문을 처음 연 사람은 윤구병 선생이다.

보리 3층에는 비밀의 방이 있다. 보리를 처음 시작한 윤구병 선생이 쓰던 방이다. 책장 뒤로 돌아가 만나게 되는 방이라 비밀스럽다 표현한 거지 딱히 비밀스러울 것도 없다. 이제는 구하는 게 어렵지 않다는 북한의 농업 관련 사전들이나 북에서 출간된 《열하일기》 등의 희귀서들이 있는 이 방을 보리 사람들은 "윤샘방"이라고 부르는데, 이 말이 오히려 상징적으로 다가온다. 윤구병 선생은 이제 보리 밖에 있다. 그는 변산의 공동체로 내려가 오랫동안 생활해 왔다. 보리 직원들은 1년에 한두 번 그곳에 내려가 일을 하고 오기도 한다. 보리 식당의 식자재들은 대부분 변산에서 올라오는 것들이다. 유기농 제품들이고 맛좋은 음식 재료들인데 모두 '적지 않은' 돈을 주고 사다 먹는다. 시골 사람들이 피땀 흘려 가며 얼마나 힘들게 지은 농사인데 거저먹으려느냐며, 돈 주고 사먹으라는 것이 윤구병 선생의 뜻이다.

보리 취재를 준비하며 접하게 된 윤구병 선생의 책은 《실험

보리 3층에 있는 윤샘방. 비밀스럽게 보이지만 알 만한 사람은 다 아는 방.

학교 이야기》와 《변산 공동체 학교》였다. 모두 대안 교육에 대한 고민과 활동을 담은 책이다. 보리는 한마디로 표현하자면 교육 출판사다. 보리가 말하는 교육이란, 학교 교실에 들어앉아 현실과 괴리된 '지식'을 가르치고 배우는 것이 아니다. 보리가 생각하는 교육의 중심은 바로 자연이다. 인간은 자연을 기반으로 그 안에서 수렵하고 기르고 채집하며 살아간다. 자연은 인간에게 삶의 터전이자 교육의 장소가 되어야 한다. 보리에서의 교육이란 바로 자연에서 배우고 소통하며 더불어 살아가는 방법을 배우는 것을 의미한다. 그런데 요즘 세상의 교육에선 그것이 불가능하니, 자연을 접할 기회가 없는 현대의 도시 아이들에게 '자연의 징검다리' 역할을 하는 책이라도 만들어 부여 주자는 것이 보리의 출판 정신이다.

보리에서 내는 도감류 책들과 산살림·들살림·갯살림 책, 도토리 계절 그림책 등은 모두 우리가 주변에서 흔히 접하는 자연, 즉 생태와 계절을 소재로 한 책들이다. 특히나 보리의 세밀화 그림들은 과일이나, 곡식, 물고기, 동물 등을 그린 사물 그림책이다. 그림의 대상이 되는 것들이 우리 주변에 있는 친숙한 것들이고, 그림도 일정한 색, 단순화된 선으로 그린 것이 아니라 실제 대상을 사진처럼 실감나되 더 특징적으로 이해할 수 있도록 그렸다. 사실 세밀화 작업에 드는 시간과 비용은 엄청나다. 그림 도감 제작 기간도 오래 걸리고 그에 따르는 품도 많이 드는 작업이다. 사물이 움직이거나 살아 있는 모습 혹은 싹이 트거나 변해 가는 모습을 있는 그대로 오랫동안 관찰해서 가장 특징적인 느낌을 모두 살려 낸다. 이 작업은 사진을 찍는 작업과도 다르고, 사진으로 사물을 찍어서 그것을 그대로 베끼는 작업도 아니다. 지금은 세밀화가 많이 보편화되었지

만, 처음 이 작업을 시작했을 때는 거의 최초라 할 만한 것이었
다. 따라서 그에 드는 비용도, 제작 기간도 만만치 않았다. 모
든 노고와 비용을 감수하고 이태수 선생이 첫 그림을 그렸다.
윤구병 선생이 쓰고, 이태수 선생이 그린 도토리 계절 그림책
은 그렇게 해서 만들어졌다. 가만 보면 보리는 너무 힘들어서
남들이 안 하는 일에 목숨을 건다.

매 한 마리가 나무 하나 없는 민둥산에 살게 되었다. 매는 근
처 산에 사는 다른 동물 친구들을 찾아가 함께 민둥산에서
살자 말하지만 동물들은 "민둥산에서 어떻게 사니?" 하며 차
갑게 거절한다. 매는 하는 수 없이 혼자 나무를 가져다 심고
물을 길어다 주며 열심히 산을 가꾼다. 그리고 오랜 시간이
흐른 후 민둥산은 울창한 나무숲이 된다. 민둥산이 울창한
나무숲으로 변한 것을 본 동물 친구들은 그제야 비로소 매를
찾아와 함께 살자 말한다.
　　　　　－ 개똥이 그림책 중 《매가 나무를 심어요》를 간추린 내용

49

세상엔 아무리 어려워도 꼭 해야 하는, 그러나 아무도 하려 하지 않는 일이 있다. 그 어려운 일을 해내고 얻어진 결실을 다른 이와 나눠야 한다는 것이 보리의 철학이다. 도시의 아이들에게 자연의 징검다리 역할을 해줄 세밀화 그림책을 만드는 작업은 보리에게 민둥산을 가꾸는 작업과 같았으리라. 그리고 이제 서점의 어린이 서가에서 심심찮게 발견되는 세밀화 그림책들을 보며 그 성과를 나누는 일에 있어서도 인색치 않은 숭고한 매의 정신을 보게 된다.

보리의 철학은 '겨레고전문학선집'을 출간하는 의지에서도 드러난다.

겨레고전문학선집은 북녘 문예출판사의 '조선고전문학선집'을 보리에서 재출간한 것이다. 제목도 원래는 《김시습 작품집》, 《중세 미학 견해집》, 《임진 의병장 작품집》, 《동명왕 편》 등이었으나 《금오신화에 쓰노라》, 《우리 겨레의 미학 사상》, 《임진년 난리를 당하매》, 《동명왕의 노래》로 바꾸는 등 고전 자체의 이미지를 살리면서도 재미있고 쉬운 느낌을 주기 위해 고심했다.

보리의 굳센 의지 겨레고전문학선집.

51

"우리가 전쟁 후 남녘·북녘으로 나뉘어 산 지 60년이 돼가잖아요. 그런데 그전에 한반도에서 우리 민족이 함께 산 세월은 수천 년이에요. 화해의 기초, 동질성의 회복은 우리가 같이 살던, 좋았던 시절의 기억을 회복하는 것에서 시작된다고 봐요. 문학, 특히 같이 살았던 시절의 문학인 고전 영역은 다른 부분에 비해 우리가 훨씬 더 부드럽게 만날 수 있는 부분이 되지 않을까 하는 것이 처음 생각이었어요. 고전문학은 어떤 부분에서는 그 학문적 성과가 북쪽이 더 빨라요. 그런 학문적 성과를  높이 샀고, 북의 학자에 대한 존경과 응원의 마음도 갖고 있었어요. 또 그런 것들을 공유해서 소중한 자산으로 남겨야 하지 않겠는가 하는 것이 처음 이 책을 내게 된 동기였죠."

겨레고전문학선집은 기획부터가 쉬운 일이 아니었다. 출간을 위해 북의 학자들을 직접 만나는 일은 불가능하다. 남쪽과 북쪽의 중개인들이 있고 대표들이 중개인을 통해 북쪽 자료들을 조금씩 넘겨받는 형식으로 일을 진행하고 있다. 북의 조선고전문학선집은 원래 100권짜리 기획으로 지금도 계속 출간 중이다. 겨레고전문학선집은 각 권의 두께가 만만히 볼 수준이 아니기도 하지만, 그 장정이 꽤나  훌륭해서 고전문학에 조금이라도 관심이 있는 사람이라면 누구라도 저절로 손을 뻗게 만든다. 이 책을 만들 때, 회사 대표가 적자를 내더라도 잘

만들어야 한다고 신신당부했다고 한다. 적자를 예상하고 책을
만든다는 것은 상상 이상으로 괴로운 일일 것이다. 사실 겨레
고전문학선집 책들은 잘 팔리지 않아 적자 상태다. 그런데도
작업을 중단하지 않고 계속 만들어 가는 모습은 우직하다 못
해 미련해 보이기까지 하는 보리의 굳센 의지다.

《개똥이네 놀이터》, 다른 부서에서는 개똥이네 부서 사람들을 어떻게 부를까 생각하니 슬며시 웃음이 났다. 급할 땐 그냥 "어이, 개똥이네!" 하고 부르지 않을까?

《개똥이네 놀이터》는 2005년 12월에 창간한 월간지다. 이보다 훨씬 앞선 1984년, 보리 출판사가 아직 보리 기획이던 시절, 윤구병 선생이 웅진에서 《어린이 마을》이란 잡지를 낸 적이 있다. 지역을 찾아 돌아다니는 일종의 향토지리지의 어린이판 잡지였던 셈인데, 지금 《개똥이네 놀이터》는 그 《어린이 마을》의 정신을 계승한 책이다. 보리의 책들은 주로 자연과 놀이, 땀 흘리는 것에 주목한다.

여기에서 놀이는 땀 흘리는 것, 즉 노동과 다르지 않다는 것이 보리의 생각이다. 노동이란 결국 부지런히 손발을 '놀리는 것'이기 때문이다. 아이들은 놀면서 자연과 노동을 배운다. 즉, 놀이와 교육은 별도의 것이 아니다. 제목에서도 알 수 있듯 《개똥이네 놀이터》는 보리가 출간하는 어린이 책의 정신을 한 권으로 수렴해 냈다는 의의가 크다.

어린이들에게 자연과 놀이, 땀 흘리는 것을 가르쳐 주는 잡지 《개똥이네 놀이터》.

《개똥이네 놀이터》가 만들어지기까지는 여러 과정과 손길이 필요하다.

'부모들이 더 좋아하는' 부록

편집부장에게 보리의 많은 기획 중 가장 애착이 가는 것이 있느냐고 묻자, 《아무도 내 이름을 안 불러 줘》라는, 아이들이 쓰고 엮은 책을 내밀었다. 아이들이 꾸밈없이 쓴 글을 별도의 첨삭이나 수정 없이 그대로 실어서 만든 책이었다. 몇 편을 읽어 보니 아이들의 천진스러움에 웃음이 나기도 하고 글 뒤에 숨은, 살아 있는 정서에 마음이 아파 오기도 했다.

이호철 선생의 《재미있는 숙제 신나는 아이들》에는 아이들에게 글쓰기를 어떻게 가르쳐야 하는가에 대한 교육 철학이 담겨 있다.

"이호철 선생님은 아이들에게 글쓰기를 시키면 안 된다고 하세요. 효도에 관한 글을 쓰라고 하는 대신, 그냥 오늘 집에 가서 엄마 발을 씻어 드리라고 하는 거죠. 그냥 아이들이 느끼고 생각해야 한다는 거예요. 선생님은 '자연 보호'라는 제목으로 글짓기를 시키지 않아요. 그냥 반 아이들에게 '애들아 내일까지 저기 냇가에 가서 제일 예쁜 조약돌 세 개씩만 주워 와라' 해요. 그러면 또 이 아이들이 착해서, 그날 집에 가는 길에 냇가로 몰려가 조약돌을 꼭 세 개씩 골라 와요. 그러면 며칠 뒤에 선생님이 '애들아 그때 그 돌 다시 냇가에 갖다 놓아라' 하시죠. 그러고 나서 글을 쓰게 하는 거예요. 이런 과정을 통해 아이들은 자연과 소통하고 따뜻하고 착한 심성을 키우며 살아가게 된다는 겁니다."

아이들에게 글쓰기 교육을 하는 궁극 목적은 좋은 인성을 키우기 위함이다. 글쓰기는 삶과 떨어질 수 없는, 삶을 가꾸는 글쓰기인 것이다. 《일기 쓰기 어떻게 시작할까》에서 저자 윤태규 선생은, 일기 쓰기는 아침에 일어나 밥 먹고 똥 누고 학교 가는 일처럼 자연스러운 버릇을 들이는 것과 다르지 않은 것이라 말한다.

"결국 교육은 정서죠. 정서는 몸에 배는 것, 즉 습관을 말합니다. 아이들은 습관으로 자랍니다. 어른이 되어서 머리로 학습된 것은 아무 소용없는 거예요."

보리 출판사는 보리다. 이제는 윤나는 쌀, 사방에서 남아도는 쌀에 밀려 찾는 이가 많지 않은 보리 같은 출판사다. 그러나 아는 사람은 안다. 보리 건빵이, 보리밥이 국적 불명의 쌀밥과 쌀 튀밥이 돌아다녀 혼란스러운 이 세상에 없어서는 안 되는 존재임을 안다. 아니, 그 맛이 너무나 감미로워 잊을 수 없음을 안다. 그뿐이랴, 그 누구도 느끼지 못하는 사이에 건강까지 챙겨 주는 존재임을 안다.

보리는 겨울을 나는 유일한 곡식이다. 모두가 잠들고 숨어들어 쉬는 겨울 추위 속에서 보리는 싹을 틔우고 봄을 준비한다. 보리가 있기에 가난한 이웃들은 봄에 배를 곯지 않을 수 있었다. 보리 출판사는 지금도 겨울을 산다. 그 누구도 돌아보지 않는 겨울에 싹을 틔우고 이웃들에게 전달할 마음의 양식을 준비한다.

《보리 국어사전》

2008년 펴낸 《보리 국어사전》은 8년의 제작 기간을 걸쳐 완성한 보리의 역작이다. 보리가 《보리 국어사전》 작업을 시작한 것은 2000년이었다. 시중에 어린이를 위한 국어사전이 여러 권 나와 있었지만, 풀이가 어렵거나 용례가 알맞지 않은 낱말로 이루어져 있어 어린이가 이해하기 힘든 부분이 많았다. 또한 빠른 시일 안에 우리와 하나가 되어야 할 북녘을 배제한 채, 지나치게 남녘 중심으로 단어를 선정하고 풀이했다는 한계가 있었다.

《보리 국어사전》은 기존 사전들이 가지고 있던 한계를 뛰어넘기 위해 노력했다. 초등학교 전 학년, 전 과목 교과에 나오는 낱말 27,387개를 모두 수록했고, 초등학생들이 보는 책과 초등학생들이 쓴 글에서도 낱말을 골라 총 4만 개가 넘는 낱말을 수록했다. 이를 풀이하는 글은 어린이가 혼자서도 이해할 수 있도록 쉬운 우리말과 입말을 사용했고, 뜻풀이나 보기 글에 한자어나 외래어를 사용하지 않았다. 또한 보리에서 출간한 책에 실렸던 세밀화 2400여 점을 실어 글로 표현하기 힘든 물건이나 생물의 생김새를 알 수 있게 했으며, 북녘의 말과 남북이 다르게 쓰는 말을 실어 남북의 아이들이 서로 의사소통을 하고, 상대방의 생활이나 생각에 대해서도 이해할 수 있도록 했다.

윤구병 선생이 기획과 감수를 맡고 수십여 명이 8년 동안 작업한 《보리 국어사전》은 제작비만 20여억 원에 달할 만큼 방대한 작업이었다. 수많은 숨은 노력들이 만든 결실인 이 책은 2008년 출간과 함께 거의 모든 언론의 조명을 받았고, 연말에는 한국출판문화상 어린이·청소년 부문 수상작으로 선정되었다. 누군가는 해야 할, 그러나 아무도 하려 하지 않았던 일을 멋지게 해낸 보리. 가기 쉬운 길보다 옳은 길을 택하는 그들만의 정신이 아니었으면 불가능했으리라.

어린이가 혼자서도 이해할 수 있도록 쉬운
우리말과 입말을 사용했고, 뜻풀이나 보기 글에
한자어나 외래어를 사용하지 않았다.

61

시대정신을 고민하고
성장의 의미를 생각한다

사계절

사계절 역시 한국 현대사의 아픔을 온몸으로 겪으며 힘겨운 세월을 보내 왔다. 그 지난한 세월을 자기중심을 잃지 않으며 걸어올 수 있었던 것은 "책이라는 그릇에 시대의 정신을 담는다" "성장의 의미를 생각합니다" 라는 사계절만의 출판 정신이 있었기에 가능하지 않았나 싶다.

파주에 자리한 출판도시에 들어서면 수많은 CF에서 만났던 아시아출판문화정보센터가 방문객을 맞이한다. 그곳에서 자동차로 1분 남짓 가면 군더더기 하나 없이 세련된 사계절 출판사 건물이 보인다. 건물은 산자락 아래 아늑하게 자리를 잡고 있었다.

건물 좌측에서는 중앙아시아와 관련된 도서와 자료들을 전시하고 있었고 그 옆으로 길게 뻗은 계단이 눈에 들어왔다. 위 계단과 아래 계단 사이에 중간 계단이 있는 모습이 무척 독특해 보였다. 긴 계단을 오르는 이들을 위한 배려인 듯했다.

건물 내부로 들어서니 곳곳에서 아기자기함이 배어 나왔고 공간 설계나 가구 배치가 매우 실용적이었다. 누군가의 꼼꼼하고 세심한 손길이 느껴졌다.

벌써 27년이라네

사계절은 1982년 서울역 부근의 허름한 사무실에서 출발했다. 이때 발행인은 김영종 대표. 현재 발행인인 강맑실 대표의 남편이다.

사계절은 475, 386세대라고 일컬어지는, 민주주의에 목말라하다 스스로의 힘으로 민주주의의 발전을 이루어 낸 이들과 함께 성장해 왔다고 할 수 있다. 창립한 해인 1982년부터 초창기 10년 가까운 기간 동안에는 인문·사회과학 도서들만 출간했다.

지금도 도서관에 가면 노랗게 물든 채 자리하고 있는 사계절 사회과학 신서를 볼 수 있다. 이 시리즈는 52권까지 출간했는데, 그 첫 번째 책이 세계적인 철학자 에리히 프롬의 《휴머니즘》을 번역한 《사회주의 인간론》이었다. 그 무렵 출간한 책들은 지금 보면 논문 같은 책들이었는데 주 독자층은 대학생과 대학원생들이었다. 사계절에서 80년대를 보낸 한 직원은 당시를 이렇게 회고한다.

"막걸리보안법의 박정희 시대를 거쳐 광주민중항쟁을 무참히 짓밟고 들어선 5공화국 시대는 엄혹함 그 자체였어요. 그러다 보니 출판을 통해서 엄혹한 이 세상을 녹여 보고자 했던 우리 출판사의 기획물들이 일부 판매 금지가 되기도 했죠. 주로 철학서들이 많이 그랬고, 그중에서도 《일하는 자의 철학》이라는 책이 많은 고초를 겪었어요. 제 개인적인 생각으로는 근본적으로 인류의 발전은 신성한 노동에서부터 오지 않나 싶네요."

지금이야 개그 프로그램에서 대통령을 패러디해 웃음의 소재로 삼기도 하는 세상이지만, 1980년대 초는 정부에 반한 목소리를 내면 쥐도 새도 모르게 끌려갔고 그러한 내용을 담은 도서들에게는 대부분 판금 조치가 내려졌다. 정치적 폭압에 언로가 막혀 영혼이 춥고 배고픈 시절이었다. 사람은 누르면 누를수록 더욱 고개를 쳐드는 법인지 억압을 하면 할수록 자유를 향한 갈망은 더 커져 갔고 민주화를 열망하는 집회와 시위가 하루가 멀다하게 벌어졌다. 그런 시대적 상황 속에서 인문·사회과학 도서들을 출간하는 의식 있는 출판사들이 많이 생겨났다. 그들의 시작은 하나같이 미약했다.

당시 많은 젊은이들이 진정 나라를 걱정하면서 독재 정권에 맞서 시대의 아픔을 같이했다. 그런 시대적 고뇌와 희생이 있었기에 지금의 민주주의가 있는 것이다. 그때 출발한 출판사들은 우여곡절도 많았을 것이고 생각만으로도 가슴이 먹먹해지고 눈시울이 뜨거워지는 세월의 강을 건너왔을 것이다.

엄혹한 시대적 배경에서 시작한 사계절 출판사는 처음부터 지금까지 바탕으로 깔고 있는 두 가지 출판 정신이 있다. 하나

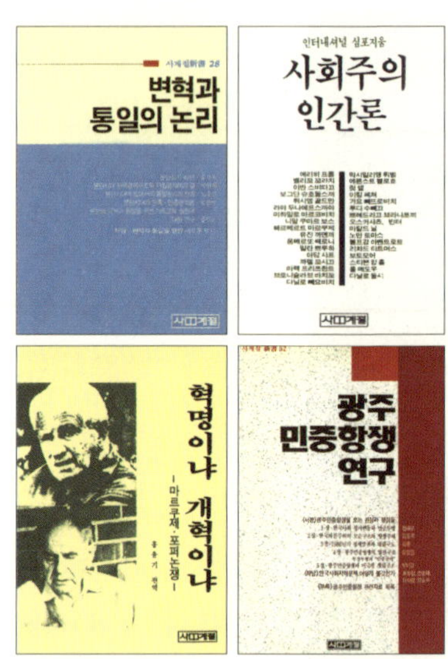

사계절의 초창기를 대표하는 사회과학 신서.

는 "책이라는 그릇에 시대정신을 담는다"이다. 이것은 비판 정
신과 인문학적 소양을 재고할 수 있는 출판이어야 한다는 것이
다. 인문학적 소양이라 함은 단순한 지식이 아닌 인간에 대한
가치, 인간과 인간 사이의 관계, 사회에서의 인간의 기본적인
존엄에 대해 얼만큼 고민하고 생각하느냐 하는 것이다. 그리고
출판인이라면 그런 고민과 생각을 끊임없이 붙잡고 책을 통해
구현해 보고자 하는 자세를 가져야 한다는 걸 의미한다.

다른 하나는 "성장의 의미를 생각합니다"이다. 어릴 때 성
장통을 겪어 본 사람들은 안다. 밤새 눈물이 빠지도록 뼈마디
가 쿡쿡 쑤시는 아픔을 겪고 나면 어느새 조금씩 자라 있다는

것을. 그것을 알기에 밤새 이불이 흥건해지도록 땀을 흘리며
그 고통을 감내한다. 그리고 여기서 말하는 성장은 단순히 외
형적 성장을 말하는 게 아닐 것이다. 무엇을 위한 성장인지, 어
떻게 이룬 성장인지도 중요하다는 의미이겠다. "성장의 의미
를 생각합니다"라는 모토는 사계절이 지향하는 바를 그런 의
미에서 적절하게 표현하고 있다는 느낌이다.

출판인, 훔쳐보기

편집부를 둘러보니 벽에 하나쯤 걸려 있을 법한 시계가 당최 보이지 않는다. 눈을 씻고 찾아봐도 안 보이던 시계가 책장 위에 살짝 올라 앉아 있는 걸 간신히 발견했다. 왜 시계를 벽에 걸어 두지 않는 것일까? 출판사에는 사건·사고가 끊이지 않고, 일정이 바쁘게 돌아간다고 들었는데.

김태희 아동청소년문학팀장 말에 의하면 사계절은 어느 회사보다도 자유롭다고 한다. 바쁘기는 하되 시간에 얽매어 째깍째깍 규칙적으로 돌아가는 체제가 아닌가 보다.

사계절 사람들의 옷차림은 하나같이 평범하다. 직원들 대부분이 소박하고 꾸밈이 없는 모습이다. 책을 늘 가까이하다 보니 영적으로 충만해져 외형에 그다지 관심이 없는 것일까? 남에게 보이기 위한 작위적이면서도 불편한 것들을 싫어하는 듯하다. 꾸미지 않고 자연스러운, 있는 그대로의 모습을 좋아하는 거겠지. 그들의 겉모습에서 출판인의 성향을 미루어 짐작할 수 있었다.

편집부 안은 도서관처럼 적막하다. 무슨 물건이라도 떨어져야 적막이 깨질 듯하다. 옆 사람과 소곤대는 소리 하나 없이 다들 자기 일에 열중하는 모습이다. 아마 수다스런 사람이라면 좀이 쑤시고 입이 근질거려서 하루도 버텨 내기 힘들 것이다.

여느 회사에서 흔히 볼 수 있는 자동판매기도 안 보인다. 복도에 있는 간이 개수대에 가보니 직원들의 개인 찻잔들이 가지런히 정돈되어 있다. 티백 포장의 차와 내려 마시는 커피가 있고 직원들은 수시로 와서 각자 취향에 맞게 차를 타마셨다.

책, 책, 책!

출판사를 방문하기 전 당연히 책이 많을 거라 예상은 했지만 모든 편집자 책상마다 폭탄처럼 책이 쌓여 있을 줄은 몰랐다. 그런데 그것도 모자라 곳곳의 서가에도 책들이 몸을 세워 빼곡히 들어차 있다. 이 많은 책들을 누가 다 읽는 것일까? 아니, 다 읽을 수는 있을까? 책을 좋아하는 사람이 이 모습을 본다면 뿌듯함으로 절로 배가 불러올 것이고 책과 별로 안 친한 사람이 본다면 아마 머리부터 아파 오겠지.

김태희 팀장은 출판사 일을 하면서 얻는 가장 큰 즐거움이 좋은 책들을 만나는 것이라고 한다. 이 일을 히지 않았다면 절대로 만나지 못할 책들과의 만남이 너무도 행복하단다. 사람과 사람 사이에만 인연이 있는 게 아니라 사람과 책 사이에도 인연이 있는 게 아닐까? 선천적이든 후천적이든 출판인들은 책과 진한 연애를 할 운명인가보다. 물론 이 진한 연애가 때로는

머리 터지는 고역이 될 수도 있겠지만.

한 편집자 책상 위에는 너덜너덜해진 국어사전이 놓여 있다. 메모하는 것이 생활화 되었는지 메모장도 눈에 띈다. 순간순간 떠오

르는 아이디어나 기억해야 할 것들을 꼼꼼하게 기록하는 듯.

버튼 하나로 모든 걸 제어하고 통제할 수 있는 디지털 시대인 21세기, 종이 냄새를 맡으며 활자와 만나는 일이 다소 시대에 뒤떨어져 보일지도 모른다. 어쩌면 딴 세상에 사는 사람들의 모습이라고 생각할 수도 있다. 하지만 이들은 알고 있다. 책을 만들며 삶의 희열을 느끼고 스스로 행복해할 줄 아는 소중한 가치와 만난다는 것을.

편집자로서의 행복은 책과의 만남에만 있는 것이 아니다. 김 팀장은 편집 일을 하면서 또 다른 좋은 점으로 폭 넓은 사람을 만날 수 있다는 것을 꼽는다. 일을 하면서 저자, 화가, 일러스트레이터, 번역자 등 다양한 분야의 사람들을 많이 만나게 된다. 일 때문에 시작된 만남이지만 '삘'이 통하게 되면 돈 주고도 안 바꿀 노다지 같은 인간관계가 형성된다고 한다. 누가 뭐래도 삶에서의 가장 큰 자산은 사람이다.

사계절 안쪽에는 그 쓰임새에 걸맞게 예쁜 이름표를 단 방들이 있다. 우선 1층에는 도서관에 해당하는 '책이 있는 방'이 있고, 출간한 책들의 필름을 보관하고 있는 '필름이 있는 방'이 있다. 2층에는 직원들이 일하는 업무실인 '서로 만나는 방'이 있고, 3층에는 여느 가정집 거실 같은 '편하게 이야기 나누는 방'이 있다. 고풍스럽고 기품 있는 고가구들이 은근 편안함을 자아낸다. 4층에는 운동을 할 수 있는 '건짱 만드는 방'이 있다. 런닝머신 바로 앞이 전면 유리로 되어 있어서 눈앞으로 심학산 진경이 펼쳐진다. 지루함 없이 운동이 절로 될 듯. '잠자는 방'은 편히 휴식을 취할 수 있게 온돌식으로 만든 방이다. 화장실은 '볼일 보는 방'으로 볼일 볼 사람들만 들어가는 방.

71

사계절과 가족주의

사회 구성원들이 보다 바람직하고 건강한 삶을 영위하기 위해
서는 사회의 가장 기초 단위인 가족의 역할이 무엇보다 중요
하다. 어른과 아이가 함께 책을 읽는 독서 문화를 적극 지향하
는 사계절은 가족을 중요시하고 있다. 그들이 표방하는 가족
중심의 사고는 우리 민족을 키운 저력이라고도 할 수 있다. 전
통 가족제도 안에서 옛 선인들은 어른들의 가르침을 받들어
몸소 배우는 것이 많았다. 사회 구성원으로 살기 위한 기초적
인 덕목들을 가족 안에서 다 배웠다고 해도 과언이 아닐 것이
다. 이제는 사회 패러다임의 변화로 전통적인 형태의 가족이
점점 해체되고 세대 간 대화 단절이 심화되고 있으며 개인주
의가 발달하고 있다.

　사계절은 어른과 아이가 함께 책을 읽으며 소통하기를 바
란다. 그래서 그런지 사계절의 아동 도서 중에는 어른과 아이
가 같이 읽을 수 있는 책들이 많다. 또한 그것과 연결되어 어
른과 아이가 함께 참여할 수 있는 행사도 많은 편이다. 때마
침 닥종이 인형전이 진행 중이던 1층 전시실에는 한복을 곱
게 차려 입은 3대의 가족 인형들이 함박웃음을 짓고 있었다.
그것은 따뜻하고도 힘 있는 우리 전통 가족의 모습이며 사계
절이 올곧게 지켜 나가고자 하는 우리의 정서, 우리의 힘이
아닐까 싶다.

　사계절을 방문했을 때는 경제 위기가 세계를 불황의 늪으로
빠뜨리던 시기였다. 출판 시장에도 적잖은 타격이 있을 것으
로 예상하며 걱정스레 말을 건넸지만, 사계절 직원들의 얼굴

에는 아무런 걱정의 빛도 보이지 않는다. 그동안 지켜온 우직하고 미더운 소신을 가지고 좋은 책을 만든다면 어떠한 변화와 소용돌이 속에서도 끄떡없다는 듯이. 취재를 하는 내내 그 강단과 믿음직스러움이 좋았다. 그래서 향후 그들의 행보가 궁금해지며 기대감이 잔뜩 들었다.

사계절은 어른과 아이가 함께 책을 읽으며 소통하기를 바란다.

사계절의 대표 도서들

인문·사회과학 전문 출판사로 출발한 사계절은 1990년대 들어 대중 교양·아동·청소년 등으로 출판 영역을 넓혀 가며 과감하고 참신한 시도를 펼쳐 나갔다.

출판 영역의 확장을 모색하던 1992년, 사계절은 《반갑다 논리야》를 펴냈다. 다양한 예화를 통해 어렵고 딱딱한 '논리'를 쉽게 익힐 수 있도록 만든 새로운 방식의 책이었다. 사회과학 출판의 대중화를 목표로 내놓은 책이었지만 걱정이 많았던 것도 사실이다. 그러나 참신하고 쉬운 책의 강점과 논술 시험이 시작되던 당시 교육 환경과 맞물려 사회과학 서적으로는 이례적으로 밀리언셀러가 되었다.

위인전 시장에 새 바람을 불어넣은 '우리 시대의 인물 이야기' 시리즈도 빼놓을 수 없는 대표작이다. 1990년대 중반까지 우리가 흔히 접했던 위인전은 일반인이 감히 범접할 수 없는 인물들의 이야기였고, 그 주인공들도 천편일률적이었다. 1996년 사계절에서 출간한 '우리 시대의 인물 이야기'는 바로 우리가 살고 있는 이 시대와 직접적으로 연결되는 현대사에서, 중요한 위치를 차지하고 시대를 이끌었던 이들의 이야기다. 장준하, 전태일, 이재유 등 기존 위인전이 다루지 않았던 인물을 과감히 다루어 출간 초기에는 "어린이에게 이런 책을 읽히란 말이냐"며 항의를 받기도 했다. 젊은 작가들이 소설 형식으로 이야기를 구성하고 주인공의 지인들까지 찾아다니며 사실적인 내용 구성을 위해 힘쓴 결과, 어린이들에게 널리 읽히는 스테디셀러가 되어 다른 출판사들에게도 영향을 주었다.

사계절

아동과 성인 사이에 끼어 따로 청소년을 대상으로 하는 문학이 없을 때 처음으로 청소년을 위한 단행본 시리즈(1318문고)를 출간한 것도 사계절이었다. 1997년 시작해서 13년째가 된 '1318문고'는 올해(2009년) 57권까지 나왔다. 1318문고는 감수성이 예민하고 지직 호기심이 왕성한 청소년들이 공감할 수 있는 내용에 재미와 작품성까지 고루 갖추어 청소년을 포함한 성인들에게까지 폭넓은 사랑을 받고 있다.

1318문고에서 우리가 주목할 점은 처음으로 청소년 문학의 지평을 열었다는 점 외에도 청소년 문학 저자를 발굴했다는 점이다. 청소년 문학이란 단어조차 생소했던 시기에 출간한 1318문고는 국내에서 청소년 문학 집필이 가능한 저자를 찾고 청소년 문학을 대상으로 한 '사계절 문학상'을 개최하는 등의 노력을 기울여 청소년 문학이 어엿한 분야로 자리 잡는 데 커다란 역할을 했다.

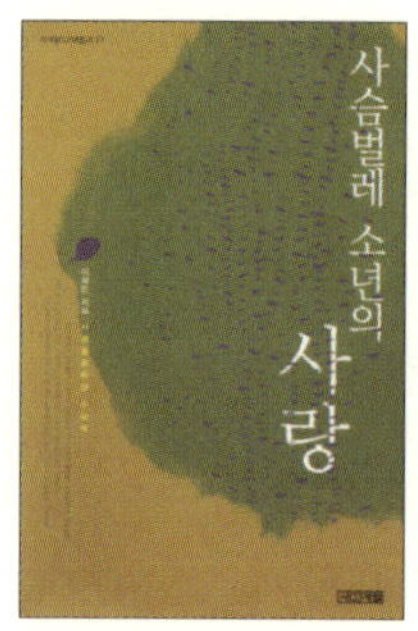

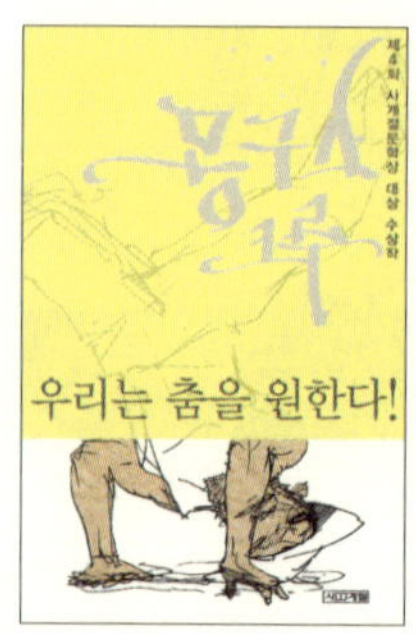

역대 사계절 문학상 수상작들. 사계절 문학상은 국내 청소년 문학이 활성화되는 데 커다란 역할을 했다.

임꺽정 이야기

사계절이 애착을 가지고 있는 책을 꼽으라 하면 단연 《임꺽정》
을 들 수 있을 것이다. 지금까지 거두어들인 수익은 투자 대비
1/10밖에 되지 않지만 《임꺽정》의 가치는 돈으로 계산할 수 있
는 것이 아니다.

　《임꺽정》의 이력은 참으로 파란만장하다. 저자 홍명희가 누
구인가? 이광수, 최남선과 더불어 일제강점기 조선의 3대 천
재로 불리며 그들과 호형호제 하면서 교류했던 20세기 초 신
지식인이 아니던가! 친일로 돌아섰던 이광수, 최남선과 달리,
홍명희는 3·1운동을 주도하고 신간회 결성에 앞장서는 등 조
선의 독립을 위한 활발한 활동을 벌였다. 1928년 《조선일보》
에 《임꺽정》 연재를 시작했고, 같은 해 '제1차 민중대회 사건'
으로 투옥되어 집필을 중단했다. 이후 1932년에 연재를 재개
했으나, 1940년 화적편 '자모산성' 장을 《조광》에 실은 것을
마지막으로 집필을 그만두게 된다.

홍명희가 해방 후 월북하여 부수상을 역임했다는 이유만으로 얼마 전까지 우리는 홍명희의 이름조차 거론할 수 없었고, 1985년 책이 출간되었을 때 문화공보부는 판매를 금지했다. 사계절은 판매 금지 조처에 대한 행정소송을 제기했고, 이에 승소해 1989년부터 책은 다시 출간되었다. 말도 안 되는 시절에 정면으로 맞섰던 사계절은 1996년부터 홍명희 문학제를 열기 시작했고, 2006년에는 북한에 생존해 있는 작가의 손자 홍석중 선생과 정식으로 저작권 계약을 체결했다.

《임꺽정》의 저자 홍명희.
해방 후 월북하여 부수상까지 지냈다.

원래 《임꺽정》은 미완의 소설이다. 그러나 임꺽정이 갖는 문학사적 의미는 실로 지대하다. 특히 책 안에 담긴 우리말의 놀라움은 여전히 연구와 호기심의 대상이기도 하다. 그런데 이런 이력의 《임꺽정》을 찾는 독자는 얼마나 될까? 중국의 《삼국지》가 오랜 기간 많은 독자들의 사랑을 받고 있는 것을 본다면 우리나라를 대표하는 대하소설 역시 일정 수준의 독자를 확보하고 있지 않을까?

그러나 이러한 상상은 보기 좋게 어긋나고 만다. 1985년 출간된 이래 현재까지 판매된 부수는 100만 부를 약간 넘는 수준이다. 수많은 종류가 출간되었고, 그중 이문열의 것만 해도 1700만 부가 넘게 팔린 《삼국지》와 비교하면 그야말로 새 발의 피 수준이다. 《임꺽정》의 내용은 쉽게 읽을 수 있는 것이 아니다. 또한 요즘은 거의 쓰지 않은 조선말을 원형에 가깝게 살려 냈다. 독자들의 이해를 돕기 위해 쇄를 거듭하면서 새로 각주를 달거나 아예 용어 풀이 책자를 곁들이기도 하지만, 역시 독자들이 많이 찾는 책은 결코 아니다. 그럼에도 불구하고 사계절은 왜 임꺽정에 공을 들이고 강한 애착을 보이는 걸까?

우선 《임꺽정》은 토속적인 조선 민중 언어의 보고다. 홍명희는 감칠맛 나는 언어를 자유자재로 구사하면서 경직된 규범이나 제도, 권위에 얽매이지 않고 주변부에서 자유롭고 신명나게 살아가는 민중의 삶을 있는 그대로 그려 냈다. 또한 탁월

사계절은 1996년부터
매년 홍명희 문학제를 열고 있다.

79

한 글솜씨로 인물 하나하나에 생명력을 불어넣었다. 책을 읽다 보면 책 속의 인물들이 살아 숨 쉬듯 생동감 넘치는 모습으로 우리 앞으로 걸어 나올 듯하고, 묘사된 장면 장면이 눈앞에 펼쳐지는 듯하다. 풍부한 언어적 표현과 생동감 넘치는 인물들의 구현, 살아 있는 듯한 묘사는 가히 우리 근대 문학의 진수라 할 수 있겠다.

이러한 《임꺽정》을, 저자가 월북했다는 이유, 책 속 주인공이 불순한 의도와 사상을 가졌다는 이유로 읽지 못하게 한 과거가 있었다는 것은 우리 역사의 부끄러움이다. 작품 속에서 임꺽정과 그 주변 인물들은 경직된 사고를 가진 기득권 세력을 조롱하며 그 어느 것에도 구애받지 않고 자유롭고 신명나게 살아간다. 마치 우리 사회를 비웃기라도 하듯.

1970~80년대에 출발한 많은 인문 사회과학 출판사들이 그렇듯 사계절 역시 한국 현대사의 아픔을 온몸으로 겪으며 힘겨운 세월을 보내 왔다. 그 지난한 세월을 자기중심을 잃지 않으며 걸어올 수 있었던 것은 "책이라는 그릇에 시대의 정신을 담는다" "성장의 의미를 생각합니다" 라는 사계절만의 출판 정신이 있었기에 가능하지 않았나 싶다. 이념의 시대를 넘어 21세기에 접어든 지금까지도 과감하고 참신한 시도와 완성도 있는 결과물들로 독자들의 많은 사랑을 받고 있는 것 역시 그들만의 남다른 출판 정신 때문일 것이다. 오직 경제 논리만이 세상을 지배하고 사람과 역사에 대한 신뢰가 무너져 가고 있는 지금, 사계절이 어떤 책을 펴내고 어떤 시대정신을 담아낼지 기대되는 이유도 그 때문이다.

쉬지 않고 페달을 밟는
1人 출판사의 롤모델

Sanchurum
산처럼

서울특별시 종로구 내수동 72번지 경희궁
의 아침 오피스텔에는 나무도 있고 꽃도
있고 바람도 와서 머물다 가는 출판사가
있다. 산처럼.

서울특별시 종로구 내수동 72번지 '경희궁의 아침' 오피스텔에는 나무도 있고 꽃도 있고 바람도 와서 머물다 가는 출판사가 있다. 산처럼.

그곳에 들어서면 가장 먼저 책이 눈에 들어온다. 온통 책이 꽉 차 있는 책장들이 세 벽면을 차지하고 있고 바닥에도 책들이 산처럼 쌓여 있어 살짝 건드리기만 해도 우르르 쓰러질 것 같다. 창가에는 아이비가 천장까지 닿을 듯 뻗어 오르고 있는 것이 길지 않은 역사 속에서 성장해 온 '산처럼'을 보여 주는 것 같다. 책 사이 작은 공간에는 화분이 놓여 있고 벽시계 밑으로 둥근 지구의도 보인다. 전화기가 있는 책상에는 책과 사전, 포스트잇과 작은 엽서들이 빼곡히 붙어 있는 메모판과 붉은 펜, 형광펜으로 가득 표시되어 있는 교정 원고들이 바쁜 일상을 느끼게 한다.

이오덕 선생과의 인연

이 높은 오피스텔에 입주하기 전에는 지나가던 낯선 사람이
문을 열고 들어와 산악 전문 출판사냐며 아는 체를 하기도 했
다. 그러나 '산처럼'이라는 상호와 관련지어 정말 잊지 못할
분은 따로 있다. 고 이오덕 선생.

"이오덕 선생님은 한길사 다닐 때 《우리글 바로쓰기》 3권을 진
행하면서 알고 있었는데 한 번도 찾아뵙진 못했어요. 출판사
를 차린 후에야 선생님을 뵈러 내려갔는데 이름이 예쁘다고
너무 좋아하시며 먼저 원고를 주겠다고 하셨어요."

　이쯤 되면 '산처럼'이라는 상호의 작명은 대성공이다.

"그런데 원고가 다 된 후에, 책 제목을 '산처럼 나무처럼'으로
하시겠다고 우기시는 거예요. 저는 출판사 이름과 중복되는
것이 싫어서 반대를 했어요. 결국 '나무처럼 산처럼'으로 하
셨어요. 그리고 선생님께서 '산처럼'에 대해 글을 쓰셨어요."

　산에는 온갖 것이 있다. 나무도 있고 꽃도 있고 바람도 오고
　모든 것을 품는다……

'산처럼 나무처럼'과 '나무처럼 산처럼'이 얼마나 다른 것인
지는 잘 모르겠지만 절묘한 타협이요, 출판사 이름과 딱 맞아
떨어지는 원고일 것이다.

그런데 한 권 내기도 어려운 이오덕 선생의 책을 그 뒤로도 두 권 더 냈다. 《나무처럼 산처럼 2》와 《거꾸로 사는 재미》가 그것이다. 두 권 모두 2003년 8월 이오덕 선생이 세상을 떠난 뒤 출간되었다.

"선생님께서는 계속 원고를 책으로 내고 싶다고 하셨어요. 그리고 《나무처럼 산처럼》이 선생님께서 쓰신 생태 관련 첫 에세이집이어서 언론이나 독자들의 관심이 컸어요. 돌아가시면서 모든 책들의 권한을 아드님께 넘겨주셨어요."

그럼 이오덕 선생의 아들이 원고를 주었다는 말인가?

"돌아가신 뒤 아드님이 이오덕 선생님의 일기를 봤더니 선생님이 호의적으로 언급한 두 명의 편집자가 있었는데, 그중 한 명이 저였다는 거예요. 그래서 믿고 원고를 주어도 괜찮겠구나, 하고 계속 책을 내는 작업을 하자고 하셨어요."

아하, 그렇구나. 아들의 독단적인 결정이 아니라 돌아가신 이오덕 선생의 일기 속에 감추어져 있던 정답 때문이었구나.

"책을 더 내자고 아드님도 얘기하셨어요. 《나무처럼

산처럼》은 우리말 운동에 관한 책만 내시던 이오덕 선생님이 처음으로 쓴 자연 생태 에세이였어요. 이 책이 나오고 난 뒤 비슷한 주제로 원고 청탁을 받으셨고, 나중에 쓰신 자연에 관한 글이 한 권 분량이 되니 다시 책으로 묶자고 해서 《나무처럼 산처럼 2》가 된 거예요. 이 책은 선생님께서 돌아가신 뒤 바로 나왔어요. 그 뒤에 《거꾸로 사는 재미》도 나왔는데 이 책은 오래전에 나왔던 책이에요. 그런데 에세이는 모두 산처럼 출판사에서 내라고 하셔서 세 권을 모두 출간하게 된 거죠."

어찌 되었든 이렇게 해서 산처럼은 이오덕 선생의 유작을 낸 셈이 되었다.

"그렇죠. 마지막 책이 되었는데, 그렇게 빨리 돌아가실 줄은 몰랐어요. 이런 책도 내고 저런 책도 내자며 책 얘기도 많이 하셨는데……. 그래서 돌아가셨다는 소식을 들었을 때 충격이 컸죠."

윤양미란 사람

우리나라에는 1인 출판사가 제법 있다. 말 그대로 한 사람이
모든 것을 다 하는 출판사다. 그리고 산처럼은 대표적인 1인
출판사 가운데 한 곳이다. 그 1인의 이름은 윤양미다. 이름에
서 알 수 있듯이 여성이다.

출판계에 여성들이 많다는 이야기는 많이 들었지만 여성 혼
자서 출판사를 차리고 험한 세상으로 나선다는 것이 그리 쉽
지만은 않았을 텐데 어떻게 그런 결단을 내렸을까.

"갑자기는 아니고 출판사에 계속 근무했기 때문에
일에 대한 커리어가 쌓였고, 내 적성에 맞고 보람
을 느끼는 이 일을 계속 해나가야겠다는 생각이 들
었어요. 결심을 하기까지 큰 용기가 필요했지만,
결국 다니던 출판사를 그만두고 시작하게 됐어요."

윤 대표는 한길사 출신이다. 그러나 한길사에만
있었던 것은 아니고 이후에 역사비평사에서 근무
하다 독립했다. 그렇다면 한길사에서의 경험과 역
사비평사에서의 경험은 어떻게 달랐고 독립한 뒤
에 그 경력들은 어떤 영향을 끼쳤을까?

"한길사는 규모가 크고 분업화되어 있기 때문에
편집부 고유 업무에만 전념하면서 생산성 있는 일
을 해야 했어요. 그래서 편집 이외의 출판사 전반

에 대한 것에 대해 알기는 쉽지 않았죠. 반면에 상대적으로 작은 역사비평사에서는 마케팅을 비롯해서 기획, 영업, 경리까지도 옆에서 직간접적으로 체험할 수 있었어요. 제가 한길사에서만 근무했다면 창업이 쉽지 않았을 거예요. 아니, 창업의 꿈을 갖지 못했을지도 몰라요.

그런데 역사비평사에서 근무하면서 현장에 직접 가지 않고도, 영업을 어떻게 할 것인가를 함께 고민하고 해결하는 과정에서, 작은 출판사는 어느 정도 규모로, 어떻게 매출을 올려 가면서 어떻게 꾸려 가야 하는지를 어렴풋이 깨닫게 되었고, 그러면서 창업을 꿈꾸게 되었어요.”

그러나 작은 출판사에 근무하며 출판 전반을 배운 사람이라고 해서 누구나 창업을 꿈꾸지는 않는다. 도대체 그녀는 왜 창업을 한 것일까?

“이전 출판사에서는 인문 편집자로서 제대로 일하기가 쉽지 않았어요. 그리고 일반적으로 우리나라 출판계가 그렇듯이 (지금은 다를 수 있고요), 경제적 보상을 비롯한 여러 상황이 만족스럽지 않았죠. 게다가 쉽사리 취직할 수 있는 연배도 지났고요. 개인적으로는 충분히 가능성이 있다고 판단한 책들도 내부 사정이나 그 출판사의 지향성, 의견 차 등에 의해 출간이 어려워지는 경우도 있었어요. 그러다 보니 이럴 바에야 나만의 성격을 드러내는 작업을 해보는 것도 나쁘지 않겠다고 판단을 내렸던 거죠.”

그러면 그렇지. 한마디로 내고 싶은 책에 대한 욕심이 있었던 거고, 편안히 조직에 안주하는 성격이 아니었던 것이다. 그러나 그런 욕심이 있다고 해도 어느 날 갑자기 광야에 홀로 서서 모든 것을 혼자 하기는 쉽지 않았을 텐데.

"당연하죠. 기획부터 편집은 물론 한 번도 해 보지 않은 영업과 창고 관리, 세무 관리에 이르기까지 두루 혼자 해야 하니까요. 그래도 요즘은 창고나 세무 등 각 분야마다 업무를 대행해 주는 곳이 있어서 그리 어렵지는 않아요. 세무 관리는 시작할 때부터 세무사 사무실에 맡겼고요. 출판사 설립은 간단해요. 구청에 가서 출판사 등록하고 등록증 교부받아 세무서에 가서 사업자 등록을 하면 끝이에요. 이렇게 하면 형식적으로는 출판할 준비가 끝난 셈이에요. 하지만 그 다음부터가 진짜 본격적인 출판이 시작되는 거죠."

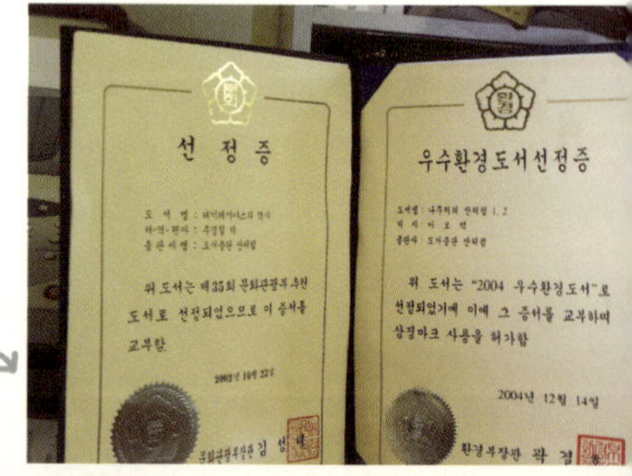

작은 출판사가
상도 잘 받는다

그렇다면 책이 독자들과 만나는 접점인 서점에는 책을 어떻게 공급하는 것일까? 그런 일을 윤 대표가 직접 하지는 않을 테니 말이다.

"그렇죠. 세무와 회계를 대행해 주는 세무사 사무실이 있듯이 책을 보관해 주고 주문온 책을 서점까지 배달해 주는 일을 대행하는 창고 및 배본 대행사가 있어요. 보관비는 권당 한 달에 10원 내외, 배본비는 한 권에 100원 내외를 지불해요. 이건 각 창고·배본 회사마다 약간씩 다르죠."

그러니까 10,000부의 책을 보관 중이라면 한 달에 보관비가 10만 원이 드는 셈이다. 또 서점에 한 달에 10,000부의 책을 판매한다면 배송비로만 100만 원이 드는 셈이다. 이런 돈도 적은 것이 아니다.

"당연하죠. 게다가 갈수록 보관비나 배본비가 올라가고 있어요. 그리고 이런 비용도 규모의 경제에 따라 작은 출판사일수록 그 비율이 높아요."

음, 그러니 아무나 출판사를 할 수는 없을 듯하다. 그렇지만 다시 생각해 보면 이런 비용이야 책이 많이 나갈수록 많이 지불하는 비용이니까 오히려 많이 지불할수록 좋은 것 아닌가?

"그렇다고 볼 수도 있죠. 그렇지만 보관비는 매출과 비례하지 않아요. 책은 많이 만들어 놓았는데 안 나가면 보관비만 많이 들게 되죠. 게다가 책이 반품되어 돌아오면 고통이 배가되죠. 반품된 책을 새 책처럼 재생하기도 하지만 그건 쉬운 일이 아니에요. 게다가 독자들은 책에 아주 작은 흠집만 있어도 구입을 안 하시거든요. 그래서 꽤 많은 책들을 파기하기도 해요."

그럴 것이다. 누구나 책을 살 때는 그 누구의 손때도 묻지 않은, 말 그대로 잉크 냄새 나는 책을 원할 테니 말이다.

"그래도 요즘은 마케팅 하는 것이 과거와는 많이 달라졌어요. 예전에는 서점 담당자들과 술 먹으면서 밥 먹고 친해져야 영업에 유리했는데 요즘은 그렇지 않아요. 담당자들도 좋은 책에 대해서는 인정해 주죠. 게다가 우리 출판사는 인문서를 내기 때문에 상대적으로 마케팅에 어려움을 겪는 편은 아니에요. 인문서는 주로 대도시 대형 서점에서 판매되거든요. 그래서 산처럼이 거래하는 서점들은 대도시 대형 서점과 인터넷 서점에 국한되어 있어요. 요즘은 인터넷 서점에서 판매되는 비율이 커지는 추세라 인터넷 서점 인문서 MD들과의 교류가 중요해요. 또 인문서의 특징은 신문 기사 영향을 많이 받고, 독자들이 홍보를 대신하기도 한다는 거예요. 인문서 열성 독자들이 자신들이 읽은 좋은 책을 블로그나 서평 난을 통해 주위에 알리거든요. 그래서 인문서는 내용이 허술하지 않은 양질의 책을 내는 게 특히 중요하다고 생각해요."

들어 보니 그렇다. 동네 서점에서 인문서를 구경한 기억이 가물가물하니 말이다. 그만큼 인문서 시장은 다른 대중적인 책에 비해 작지 않을까?

"당연하죠. 인문서는 자기계발서나 경제경영서 같은 책들과 달리 진열해 놓는다고 해도 충동구매에 의한 판매 차이가 상

작업 중인 원고 교정지와 관련 자료.

대적으로 덜한 분야죠. 하지만 필요한 책이 있으면 눈에 띄지
않거나 서점에 구비되어 있지 않더라도, 어떻게 해서든 손에
넣으려고 하는 것이 인문서 독자들의 특징이기고 해요. 그래
서 인문서는 독자들이 영업을 한다는 말이 있기도 하고요. 물
론 판매 규모는 비교할 수 없을 만큼 작아요. 반면에 경제경영
서 류의 책들에 비해 생명력이 긴 편이죠."

"2008년 초반 들어서면서 정말 책이 안 나가더라고요. 그래서
이런 상황에서 신간을 계속 내야 하나 고민도 많이 했죠. 주위
에서 이런 고민을 듣더니, 역발상을 해야
한다고 하더라구요. 이럴 때일수록 더 열심
히 책을 내야 한다고. 정말 신간을 부지런
히 내다 보니 구간도 차츰 나가더라구요."

맞다, 자전거 페달을 밟지 않으면 멈추어
쓰러지지만, 계속 밟으면 느리더라도 앞으
로 나아가는 것 아닌가. 그래서 1년에 4종
정도 내던 것을 8종 이상 내기로 마음먹었
다. 그렇다고 해도 아무 책이나 내지는 않
는다.

"레토릭이 뛰어난 원고, 진정성이 있는 발
언을 하는 저자 또는 역사를 대중적으로 풀
어 주는 분들하고 작업하는 것이 즐겁죠.

그러나 무엇보다도 산처럼의 성격을 분명하게 보여 줄 수 있
는 좋은 책을 출간하려고 노력해요. 반면에 시장성이 있어 보
여도 내용이 우리와 어울리지 않으면 낼 수
없죠. 짧게 보면 이익일지 모르지만 길게
보면 손해거든요. 게다가 제가 출판사를 차
린 초심과 어긋나는 일이기도 하고요.”

그럴 것이다. 혼자 힘으로 출판사를 이끌
어 간다는 것은 그만큼 자기중심이 확고하다는 의미도 될 테
니 스스로 확신이 서지 않는 책을 출간할 것 같지는 않다. 그러
나 이런 모든 마음가짐도 경제적 토대 없이는 불가능할 것이
다. 아무리 좋은 책을 내고 싶어도 돈이 없으면 안 될 테니까.
그런 의미에서 산처럼의 첫 책인 《세계 지식인 지도》가 갖는
의미는 자못 크다.

산처럼, 산처럼 우뚝 서다

"《세계 지식인 지도》는 산처럼의 첫 책이면서 경제적인 토대를 마련해 준 책이죠. 그래서 무척 소중한 책이에요. 또한 책 자체도 언론의 조명을 받은 편이고, 잠재적 필자들에게 산처럼이라는 출판사의 존재를 각인시킨 역할도 했죠."

이쯤 되면 《세계 지식인 지도》 없는 산처럼은 상상하기 힘들 것 같다. 《세계 지식인 지도》는 중앙일보에 1년간 연재한 기획물을 책으로 낸 것인데 여러 출판사가 출간하고자 의욕을 보였다. 당연히 이 책을 신생 출판사, 그것도 1인 출판사에서 내기까지는 우여곡절도 많았을 것이다. 그러나 담당 기자가 끝내 산처럼과 작업하기를 원했고, 정식으로 계약을 하게 되었다. 이 책을 첫 책으로 내면서 '산처럼' 이라는 출판사가 우리 출판계에 존재를 드러냈으니 윤양미란 사람의 뚝심이 저절로 느껴진다.

《세계 지식인 지도》 외에도 앞에서 언급한 이오덕 선생의 《나무처럼 산처럼》, 주경철 교수의 《테이레시아스의 역사》, 박천홍 선생의 《매혹의 질주, 근대의 횡단》, 정진홍 선생의 《열림과 닫힘》 같은 책들이 산처럼의 역사를 형성해 온 주요 도서라 할 수 있다.

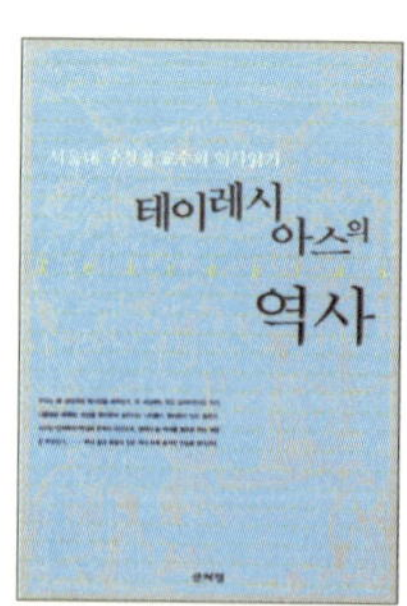

특히 《매혹의 질주, 근대의 횡단》을 쓴 박천홍 선생은 서평 전문지《출판저

널〉의 편집장이었는데, 산처럼에서 책을 써서 저자로 데뷔하라고 설득하는 데에만 몇 년이 걸렸다. 저자는 역사학도로서 실증적으로 자료에 천착하여 주제를 그려 가는 꼼꼼함에, 젊은 날 문청 시절을 보낸 덕에 화려한 레토릭修辭을 발휘하는 글솜씨까지 갖추고 있어 출판사로서는 책을 쓰라고 자신 있게 권했다. 철도에 대한 내용은 출판사에서도 진작부터 관심을 갖고 있던 주제였지만, 저자도 평소에 주의 깊게 자료를 봐오던 주제 중 하나였다. 그래서 계약한 뒤 원고를 완성하는 데에

는 채 일 년도 걸리지 않았다. 《매혹의 질주, 근대의 횡단》이라는 책은 한국 근대이 형성 과정에서 철도라는 존재가 지닌 중요성에도 불구하고 문화사적으로 철도를 다룬 첫 책이었고, 저자 역시 자신이 내는 첫 책으로 심혈을 기울여 쓴 덕에, 출간되자마자 여러 신문의 북 섹션 톱을 장식하며 주목을 받았다.

한반도에 기차라는 새로운 문물이 들어오면서 그전까지 중국의 선진 문물을 일본에 전해 주던 조선의 역할이 일본의 서구 문명을 받아들이고 그들에게 지배당하는 입장으로 바뀌게 된다. 기차가 처음 들어왔을 때는 찬탄과 외경의 대상이었다. 그러나 일제는 철도 정거장 부지를 넓게 책정하고 그 일대 농민을 내쫓은 뒤 일본인들에게 싼값에 넘기면서 원망의 대상이 됐다. 철도역 주변으로 새로운 도로와 도시 시설이 세워지고 일본인 상업지역이 형성되면서 기존의 전통적인 도시 체계도 이를 중심으로 정비되기 시작했으며, 지역에 따라 희비가 엇갈리게 됐다. 선로 용지로 토지를 빼앗기고 노역까지 해야 하

는 서민들은 불안감을 느끼고 철로 공사를 반대했다. 공사장은 무법천지가 되었고 공사나 기차 운행을 반대하는 조선인은 처벌의 대상이 됐다. 농민들은 초근목피로 간신히 끼니를 때우거나 처벌을 피해 만주, 연해주, 일본을 떠돌았다. 철도에 대한 저항은 의병 부대의 철도 정거장에 대한 공격과 파괴로 이어졌다.

철도의 발전은 자연을 파괴했으며 탈선이나 전복 사고를 일으켜 사회적으로 문제가 됐다. 또 일부에서는 선로를 베고 잠들었다가 목숨을 잃는 어이없는 사건도 종종 일어났다.

조선 철도는 식민지형 철도의 전형적 사례로 제국주의 국가의 자본·상품·군대·이주민을 반입하고, 원료·식량·노동력을 반출하는 역할을 담당했다. 철도로 인해 동시성을 가진 신문이 창간되고 신문 보급의 신속성·정확성이 개선되며 영향력이 더욱 확대됐다.

조선의 도로는 열악해서 쉽게 진흙 구덩이나 빙판이 되기도 했고 말이 지나가기도 힘들었다. 서양인의 눈에 조선은 운송수단이라고는 가축과 사람뿐이고, 분뇨로 인해서 냇가에는 초록색 오수가 넘치며, 시체를 거적에 싸서 여름 햇볕에 말리는 미개한 나라였다. 이런 관점은 조선 사회가 일본의 간섭과 지도에 의한 타율적 개혁이 불가피하다는 논리로 이어진다.

그런가 하면 근대성의 상징인 시계와 시간의 승리를 최종적인 국면으로 끌고 간 것도 철도와 기차 시간표였다. 철도에서 정확성과 시간 엄수는 거의 종교와 같았다. 그리고 기차는 '지금 여기'를 떠나 '낯선 먼 곳'을 꿈꾸게 했다. 인간의 자유의지와 무관하게 무서운 속력으로 질주하는 기차 앞에서 인간은 두려움과 함께 한순간 자신의 일생을 끝마칠 수 있다는 매혹으로 몸을 떨게 된다.

저자는 동시대의 문학 작품과 신문, 외국의 문헌 등을 풍부하게 인용하여 철도 등장 당시의 시대 상황을 입체적으로 보여 주고 있다.

최근에 번역 출간한 《유교적 경세론과 조선의 제도들》(전 2권)은 1, 2권이 각각 900쪽과 700쪽이 넘는 두꺼운 책으로 두 권에 10만 원이나 한다. 미국 내 한국학 연구의 대가 제임스 팔레 교수는 제3자의 시각에서, 우리나라 사학자들이 조선 사회를 진보적이고 도덕을 숭상하는 이상적인 유교 사회라고 미화시키고 있다고 지적하며, "전체 인구에서 노비의 비중이 30%를 훨씬 넘은 18세기 중반까지 조선은 노예제 사회였다"고 주장해 1996년 원서 출간 당시 큰 논란을 일으킨 바 있다. 이 작업 때문에 2008년은 어떻게 지나갔는지 모를 정도로 바빴다는 말이 엄살로 들리지 않는다.

바다에서 만들어진 근대
문명과 바다

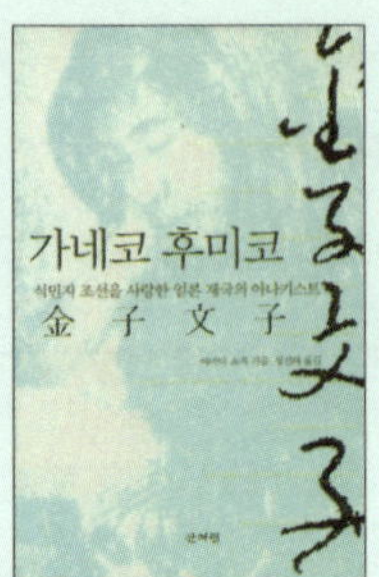
가네코 후미코
식민지 조선을 사랑한 일본 제국의 아나키스트
金子文子

수집이야기

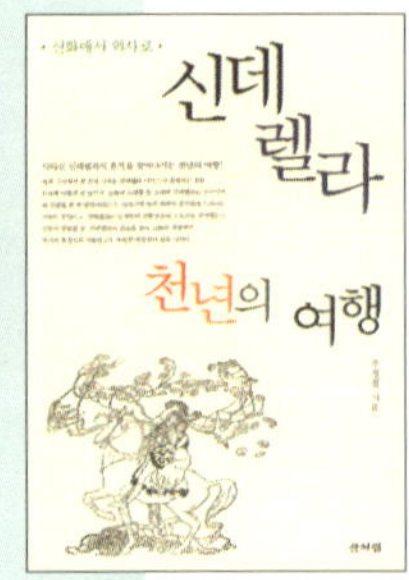
신데렐라
천년의 여행

만철 滿鐵
일본제국의 싱크탱크

생활 속의 식민지주의

알차게 의미를 찾아가는 출판사를 꿈꾸며

지금 이 시간에도 세계 곳곳에서는 다종다양한 일이 벌어지고 있고 하루 하루의 역사로 기록되고 있다. 시간이 흐른 뒤 많은 사람들은 역사를 다각도로 분석해 보면서 그 사회를 이해하게 될 것이다. 독자는 책을 보고 다양한 역사를 알게 되는데 인문서, 역사서의 중요성이 여기에 있는 게 아닐까.

겨울 산의 나무는 낙엽을 떨어뜨린 채 바람을 품고 서 있지만, 나무뿌리 밑으로 끊임없이 새봄을 위한 준비를 하고 있을 것이다. 새싹이 오르는 봄이 되면 진달래꽃부터 피기 시작해서 온동 꽃향기가 가득한 신천지가 펼쳐지듯 책을 만드는 과정은 자연과 닮은 점이 많다. 나무를 가꾸는 이의 손길에 따라 거기서 열리는 과일의 맛이 다른 것처럼 출판사마다 출간하는 책이 다르고 그들이 지향하는 독자와의 관계 또한 비슷하면서도 다를 것이다. 좋아하는 일을 하고 좋은 책을 내고자 하는 열망으로 시작한 1인 출판사 산처럼 역시 대형 출판사가 갖지 못한 그 나름의 존재 의미가 있다. 처음 출발할 때의 그 마음처럼, 규모를 키우기보다는 알차고 새롭게 출판의 의미를 찾아가는 산처럼의 미래를 기대해 본다.

세계 시민과 함께하고 싶은 돈키호테

Booksea
서해문집

"꿈요? 우리 책을 우리나라 사람들만이 아니라 세계 시민들이 두루 읽는 것이죠. 그러려면 인류 보편적 지혜, 사고, 문제 제기를 담은 책들을 출간해야 하겠죠. 그게 꿈이에요."

"요즘 장사 잘되세요? 비브리오 때문에 다른 횟집은 어렵다던데."

은행을 찾은 서해문집 직원이 은행원에게 들은 말이란다. 이런 인사를 들으면 어떤 표정을 지어야 할지 난감해진다고. 그만큼 서해문집이란 출판사 이름은 많은 사람들에게 낯설게 느껴진다. 그래서 서해문제집이니 서해문짝집, 서해횟집 같은 놀라운 상호로 변신하기도 한다는데, 그럼 왜 하고많은 이름 가운데 서해문집일까?

"너무 많이 들었던 질문이에요. 서해는 서쪽 바다죠. 황해라고도 하고요. 문집은 한자로 文集, 그러니까 글을 모아 놓은 책이죠. 그래서 西海文集이에요."

김대표의 복잡한 책상. 그 앞에는 외국 책들과 옛 LP판이 꽂혀 있다. (그는 한때 레코드 가게 사장이었다)

서해문집 대표인 김흥식 사장의 고향이 서해의 어느 항구란다. 그래서 서해문집이라고 지었단다. 물론 여기엔 또 다른 그럴듯한 의미가 들어 있기도 하다. 書海, 즉 '책의 바다'라는 해석도 가능하다는 것. 아무튼 그 고색창연한 이름이 서해문집의 출간 방향과 썩 어긋나 보이지는 않는다.

"제가 워낙 고전을 좋아하거든요. 그래서 어린 나이에 출판사 이름을 어떻게 지을까 고민하다가 그렇게 지었어요. 제가 처음 출판의 뜻을 세운 게 대학 2학년 때예요. 그런데 집에 돈도 없고, 주위에 출판 관련된 일을 하는 사람도 없었어요. 할 수 없이 종잣돈을 모으기로 했죠."

그래서 대학 졸업 후 처음 들어간 곳이 은행이었고, 그 다음에는 광고 기획사를 다녔다고 한다. 그러면서 차곡차곡 돈을 모아 드디어 1989년 봄, 이 요상한 이름의 출판사를 등록한다. 출판계 출신도 아닌데 출판사를 차리다니, 그러고 보면 김 대표도 좀 별난 인물이 아닐까 싶기도 했다.

김대표의 파란만장한 과거 흔적 LP판

서해문집

아니나 다를까, 돈키호테 같은 별난 사장의 이야기로 넘어
오자 주변이 왁자하니 소란스럽다. 모두들 김 대표의 과거를
한 자락씩 들추어 풀어 놓는데, 대충 요약하면 이런 스토리다.

1989년 3월 16일, 드디어 출판사 등록을 했다. 마포 대흥동 허
름한 건물에 두 평짜리 방 하나. 책상도 하나 들였다. 책을 찍으
려면 돈이 들 테니 당분간 직장 생활을 계속하면서 주경야독을
해야 할 판. 우선 사무실에서 전화도 받고 사무도 보고 원고도
봐야 할 사람이 필요한데……. 그리하여 젊은 사장 K는 젊은 아
내를 출판사 책상 앞에 앉힌다. 말하자면 부부 출판사인 셈.

어린 두 아이들을 떼어 놓고 나온 젊은 아내는 사실 K의 남
다른 야망(?)과 기이한 습성을 아주 잘 알고 있다. 결혼 전부터
도 이미 직장을 다니면서 대학가에서 레코드점을 운영하던 전
력이 있는 남편(모차르트 광팬)이기 때문이다. 뿐이랴, 출판사를
시작한 이후에도 1990년대 초반 국내 최초의 영화 전문 주간지
를 창간했는가 하면(2년여 만에 쫄딱 말아먹고 빚만 눈덩이처
럼 남겼단다), 2000년 새 밀레니엄이 시작될 당시에는 ‘본죽’
보다 앞서 국내 최초의 죽집 창업을 새로이 모색하면서(결국 불
발에 그쳤지만) 밤새 스무 가지 이상의 죽을 끓여 본 경험이 있
었으니……. 일 벌이기 좋아하는 K 옆에서 묵묵히 그 뒷감당을
하며 자리를 지켜 온 이가 바로 K의 아내, 그러니까 지금 서해
문집의 제작 담당인 이영선 실장이다.

그녀가 처음 출근한 출판사 사무실은 하루 종일 앉아 있어도
전화벨 소리 하나 울리지 않는데……. 저녁이 되면 직장에서 퇴

근해 다시 출판사로 출근하는 K. 이렇게 그들의 첫 출판 인생이 조촐하게 막을 열었다.

"그런데 막상 출판사를 시작하고 나니 무슨 책을 내야 할지 막막해지더라구요."

이 무렵 김 대표가 출판사 등록을 했다는 소식을 들은 어느 후배가 또 다른 후배를 소개시켜 주었다. 그렇게 해서 낸 책이 《일본어 WORD POWER》. 참 엉뚱하기도 하다. 서해문집이라는 고색창연한 이름의 출판사에서 일본어 단어 책이라니.

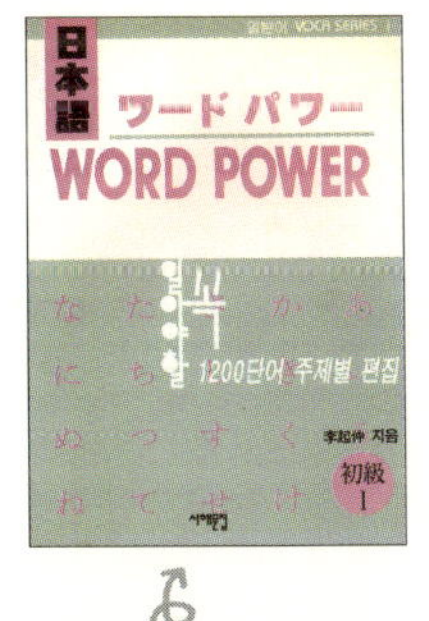

"책을 어디서 어떻게 만드는지, 어떻게 팔아야 하며, 또 어디에 보관해야 하는지 아는 것이 아무것도 없었어요. 하루는 책을 실은 차가 들이닥쳐서 '책 가져왔어요!' 하더라구요. 그래서 물었죠. '책을 왜 출판사로 가져오세요? 서점에 갖다 줘야지' 그랬더니 그분이 어이가 없었나 봐요. '여보세요. 책을 만들어서 출판사에 갖다 주는 게 우리 일이에요. 파는 건 출판사에서 해야죠' 그렇게 해서 두 평짜리 사무실이 책으로 가득 찼어요."

이렇게 출판사를 시작해서 먹고살 수 있다면 그 누가 출판사를 하지 않으리오. 그러나 그 시절에는 이런 무모함도 통했나 보다. 그렇게 시작한 출판사가 벌써 스무 해가 넘었으니. 그런데 왜 우리는 20년도 넘었다는 서해문집이 이리도 낯설게 느껴지는 것일까?

"당연하죠. 베스트셀러가 한 권도 없으니까요. 베스트셀러도 없지, 특별한 분야, 이를테면 전문 교재 출판사도 아니요, 그렇다고 출판계에 이렇다 할 업적을 남긴 것도 아니고. 그러니 독자들이 잘 모르시는 게 당연해요. 저는 어디 가서 무슨 출판사 하냐는 질문을 받을 때가 가장 난감해요. '서해문집요' 했다가 상대방이 모르면 그분이 오히려 겸연쩍어하실 거 아녜요. 그래서 그냥 '작은 출판사라서 잘 모르실 거예요' 하죠."

그런데도 서해문집은 2004년부터 한 해에 40~50종 이상의 책을 꾸준히 출간해 오고 있다. 이 정도 책을 내려면 꽤 많은 인력이 필요할 듯싶은데, 회사를 둘러보니 정말 그렇다. 그리고 보니 여러 출판사를 둘러보았지만 이보다 더 유명한 출판사 가운데도 직원 수가 서해문집보다 적은 곳이 많았다. 이렇게 작지 않은 규모에서 베스트셀러 하나 없이, 도대체 출판사 살림은 어떻게 꾸려 가는 걸까?

"우리 출판사 식구가 저까지 포함해서 17명이에요. 모두들 놀라요. 베스트셀러 한 권 없이 어떻게 이 많은 식구를 유지하면서 책 만드느냐고요. 딱히 무슨 비결이 있는 건 아니지만, 다만 한 가지 원칙이 있긴 하죠. 저희는 단기간에 확 팔리고 수명이 끝나는 책은 거의 안 만들어요. 적어도 3년, 길게는 10년 이상 꾸준히 읽힐 수 있는 책을 기획하죠. 1년에 단 몇 권이 나가더

서해문집은 한 공간 안에서 모든 부서, 모든 직원이 함께 일한다.

라도 생명력이 오래가는 책을 만들자, 그게 비결이라면 비결
이랄까. 그래서 저는 늘 이야기해요. 다른 출판사가 벼를 심고
밀을 심고 배추를 심을 때 우리는 사과나무를 심고 감나무를
심자고.

　그리고 솔직히 고백하자면, 제가 은행원 출신이라 숫자에
좀 밝은 편이거든요. 그리고 어려서부터 쓸데없이 책임감이
강한 데다 은근 소심한 면도 있어서, 책임질 수 없는 일을 벌이
는 걸 강박적으로 싫어해요. 그러다 보니 어쩔 수 없이 생존에
필요한 숫자가 늘 머릿속을 맴돌죠. 적어도 3년 이상 우리 식
구들 안 굶고 책 내는 데 필요한 돈이 얼마고, 그러기 위해서는
어떻게 출판사를 운영해야 하는지 늘 신경을 곤두세우게 돼
요. 그리고 여담이긴 하지만, 제가 술을 잘 못 마셔요. 스트레
스를 잘 견디지도 못하구요. 그래서 작은 구멍에 뭘 넣는 운동
(필경 골프일 거다) 같은 거 싫어해요. 그러니 제가 돈 쓸 일이
거의 없죠."

베스트셀러 없는 서해문집의 대표작을 꼽으려니 난감하지만 그래도 출간 도서를 가지런히 꽂아 놓은 책꽂이를 유심히 살펴보니 '오래된책방' '서해클래식' '서해역사책방' '서해역사문고' 같은 시리즈들이 눈에 띈다. 역시 대부분이 고전이거나 별로 팔리지 않을 것 같은 책들이다.

"'오래된책방'은 서해문집의 오늘을 있게 한 시리즈예요. 제가 고전을 워낙 좋아해서 그런지는 몰라도, 저는 고전 속에 현대에도 필요한 인문학적 가치, 현대인두 알아야 될 삶의 지혜가 들어 있다고 믿어요. 그러니까 학교나 사회 곳곳에서도 고전을 읽어야 한다고 외치는 것 아니겠어요? 그래서 그전부터 고전을 새롭게 내려는 시도를 몇 번 했는데 번번이 실패했어요. 그러다 문득 이 시리즈가 떠올랐어요. 사람들은 왜 고전을 안 읽을까? 어려워서? 아니면 별 필요성을 느끼지 못해서? 사람들이 고전을 어렵고 고리타분하게 느끼는 데는 그만한 이유가 있을 것이다, 해서 생각한 게 '오래된책방'이에요. 우리의 고전을 현대의 시각으로 새롭게 해석하고 가다듬고 보완하자는 거였죠."

맞다. '오래된책방' 시리즈는 우리가 익히 알던 고전 같지가 않다. 어렵게만 느껴지던 한자어나 온갖 옛말들이 꼼꼼하게 풀이되어 있고(절대 어렵고 딱딱한 각주가 아니다!), 펼치는 면마다 삽화나 사진 같은 다양한 자료가 실려 있어 눈이 시원

해진다. 그래서 박제가의 《북학의》를 읽으면 왜
박제가가 청나라로부터 신학문을 배워야 한다
고 강조했는지 한눈에 알 수 있고, 류성룡의
《징비록》을 보면 임진왜란 당시 사용했던 다
양한 무기들의 모습까지 상세히 알 수 있

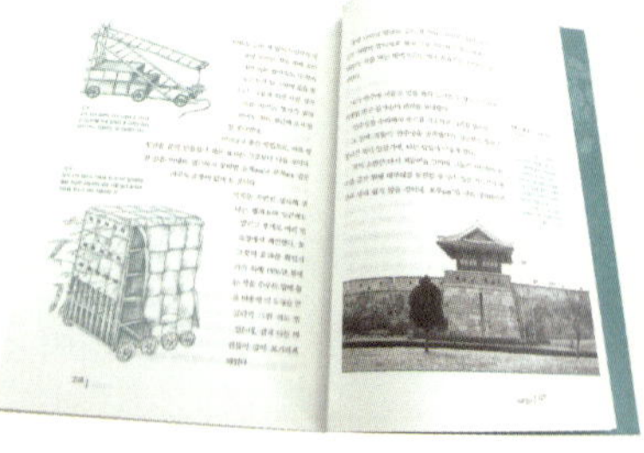

다. 그러니 고전이 그저 고전이 아니라 현대의 교양서 혹은 이
야기책처럼 느껴지는 것이다. 카피 문구 그대로 정말 '장롱을
박차고 나온' 책들처럼 보였다.

이렇게 시작된 서해문집의 고전 사랑은 '서해클래식' 시리
즈로 이어진다. 우리 고전을 새롭게 해석한 것이 '오래된책
방'이라면 '서해클래식'은 세계의 고전을 새롭게 해석한 것이
라는데, 한눈에 보기에도 '오래된책방'보다 훨씬 멋지고 예쁘
다. 올컬러 인쇄를 했고 판형도 훨씬 크다.

"처음 '오래된책방'을 기획할 때만 해도 컬러 책이 이렇게 보
편화되지 않았어요. 게다가 돈도 없었고. 그래서 색깔 하나만

넣어서 2도 인쇄를 했는데 몇 년이 지난 지금 보면 좀 안타깝
죠. 그래서 언젠가 다시 개정판을 내려고 해요. 우리 것을 더
좋게는 못 만들지언정 다른 나라들 것보다 못 만들어서는 안
되죠.”

김 대표의 말을 믿어 보기로 하자. 그래서 더 보기 좋고 읽기
좋은 ‘오래된책방’이 탄생하기를 기대해 보자.

베스트셀러 없이도 나름대로 원칙과 소신만 분명하면 출판사 운영이 가능하다고는 하지만, 그래도 20년 동안 꾸준히 출판을 해오기는 쉽지 않았을 것 같다. 1인 출판사도 아니고, 이렇게 규모를 키우기까지 혹 위기는 없었을까? 처음 부부 출판사로 시작해서 이렇게 스무 명 가까이 사세가 확장되기까지의 과정이 문득 궁금해졌다.

"당연하죠. 어떻게 위기가 없었겠어요? 그런데 지금 생각해 보면 그게 위기가 아니라 기회였던 것 같기도 해요."

서해문집이 처음 출판 등록을 한 때가 1989년. 그리고 '오래된책방'의 첫 책인 《북학의》가 나온 게 2003년이다. 그리고 그 이후부터 서해문집의 출간 종수가 부쩍 늘기 시작했고, 책의 성격도 좀 더 진지해지고 깊이(?)가 깊어졌다.

"제가 출판을 시작한 지 20년이 됐지만, 저 스스로는 '진짜'로 출판을 한 건 이제 겨우 10년차다, 라고 생각하거든요. 처음 출판사를 시작할 때는 그야말로 제가 내고 싶은 책들을 제 마음대로 냈어요. 제가 책 읽는 스타일이 좀 박물학자스럽기도 해서 그런지, 전 이런저런 지식을 섭취하는 것 자체가 즐거웠거든요. 그러면서 너무 폼 잡고 목에 힘주면서 '교양' 입네 하는 책들은 별로 안 좋아했어요. 그러다 보니, 지금 보면 좀 잡다하다 싶을 정도로 특별한 방향성 없이 책을 마구잡이로 냈던 거 같아요.”

그러다가 2000년대 초반 어느 날, 한 출판인 모임에 갔다가 정신이 번쩍 들었다고 한다.

“나름대로 즐겁게 출판 일을 한다고 생각하고 있었는데, 하루는 출판인 모임에 갔다가 정말 안 좋은 경험을 했어요. 그때가 IMF 이후 도매상들이 줄줄이 부도나고 출판계 전체가 휘청거리던 상황에서 산신히 회복되고 있던 시기였는데, 출판을 한다는 사람들이 모여서 하는 얘기가 부동산 아니면 해외 골프 얘기 같은 것들이더라구요. 엄청나게 실망을 했어요. 그러면서 문득 내가 지금까지 뭘 하며 살았나 하는 회의 같은 것이 들었어요. 내가 진정 출판인이라면 이제부터 무엇을 해야 하나, 하고 생각해 보게 된 거죠.”

사무실 안쪽에 있는 교정지들.

증쇄가 나올 때마다
일련번호를 붙여 보관한다.

그래서 김 대표는 제2의 창사를 결심했다고 한다. 직장 다니면서 마니아적인 취미처럼 해오던 출판을 본업으로 삼기로 결심하고 과감히 직장을 정리한 것. 그리고 사무실도 서교동의 마당 딸린 작은 단독주택으로 옮겼다. 또, 제대로 된 출판사를 운영하려면 시스템적으로 조직을 운용해야 할 테니 편집부 인원도 새로 보강했다. 그 즈음 기획을 시작한 것이 앞서 말했듯 김 대표의 오랜 꿈이었던 고전 시리즈 '오래된책방'이었고, 그때부터 내리 여러 시리즈들을 본격적으로 출범시키기 시작했다.

"그렇게 본격적으로 출판에 뛰어들었더니 그제야 책이라는 게 뭔지 조금씩 눈에 들어오기 시작하더라구요. 아마추어의 즐거움을 포기한 대신, 좀 고단하긴 하지만 사명감 같은 걸 새로 갖게 되었다고나 할까요? 물론 처음엔 원고가 많이 없어서, 한가할 때면 마당에 나가 상추, 깻잎, 무 심고, 잡초 뽑으면서 소일했던 적도 있어요. 가끔 직원들하고 저녁 때 삼겹살 파티도 벌였고요. 나름대로 짧지만 행복하던 시절이었는데, 그런 운치도 얼마 누리지 못했어요. 얼마 안 가 원고들이 넘쳐나서 일손이 딸리기 시작했거든요. 아무튼 그때부터 지금까지 정말 정신없이 달려온 것 같아요."

2003년 《북학의》를 시작으로 지금까지 출간한 '오래된책방' 시리즈는 총 13종. 그리고 2004년부터 출간하기 시작한 '서해클래식' 시리즈는 총 20종이다. 이 30여 종의 책들이 지금의 서해문집을 있게 한 사과나무, 감나무였던 것일까?

처음엔 원고가 많이 없어서, 한가할 때면 마당에 나가 상추, 깻잎, 무 심고, 잡초 뽑으면서 소일했던 적도 있어요. 가끔 직원들하고 저녁 때 삼겹살 파티도 벌였고요. 나름대로 짧지만 행복하던 시절이었는데, 그런 운치도 얼마 누리지 못했어요.

최근 5년간 한 해에 40~50종을 출간했다고 하는데, 도대체 어떤 책들을 그리도 많이 펴낸 것일까?

최근 신간 중에서는 《1면으로 보는 근현대사》가 가장 눈에 띄는 화제작이다. 출간되자마자 언론과 출판계 안팎에서 꽤나 큰 호응을 받았다고 한다. 신문 기사만으로 역사의 흐름을 엮은 최초의 책이라는데, 역시 책을 펼치니 시원하게 펼쳐져 있는 신문 원본이 참으로 인상적이었다. 3·1 만세를 부르던 날, 윤봉길이 도시락 폭탄을 던지던 날 등 근대사의 주요 사건을 실은 신문 원본에 해설이 달려 있어 보기만 해도 범상치 않은 책 같았다.

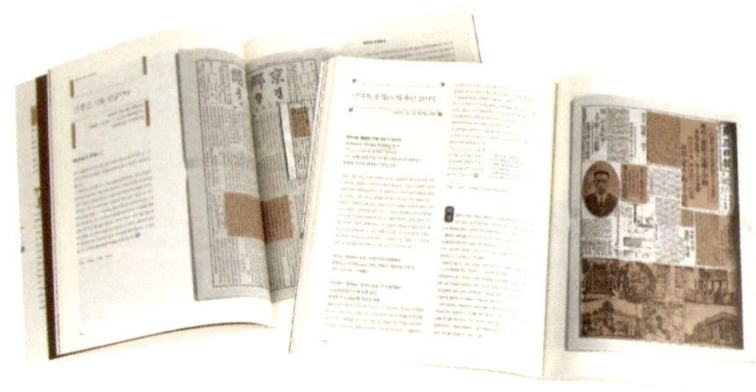

하지만 뭐니 뭐니 해도 서해문집이라는 이름을(횟집 이름이 아니라 출판사 이름으로서) 일반 독자에게 어느 정도 각인시키는 데 가장 큰 역할을 한 책은 아마 2006년 출간한 《작가의 방》일 것이다. 《작가의 방》은 강은교, 공지영, 김영하, 김용택, 신경숙, 이문열 등 우리 시대의 시인과 소설가 여섯 명을 찾아가 그들의 방 또는 서재를 소개하고, 그들의 작품에 대한 이야기를 들려주는 책으로, 작가들의 내밀한 공간을 엿볼 수 있다는 점에서 출간 당시 출판계 안팎에 커다란 화제를 불러일으켰다. 수많은 독자들의 마음을 움직인 작품들, 그것들이 탄생한

공간을 요리조리 훑는 재미와 그 공간 안에 묻어 있는 작가들의 취향과 개성을 찾는 즐거움이, 따뜻하고 아기자기한 일러스트와 어우러져 문학작품과는 또 다른 흥미를 일으킨다. 이 책이 출간된 이후로 유명인들의 서재를 찾아가는 일이 유행이 되다시피 하여 지금까지 계속되고 있다. 《작가의 방》에 이어 2008년에는 MBC 김지은 아나운서가 현대미술가들의 작업실을 찾아간 《예술가의 방》을 출간했다. 이미 《서늘한 미인》을 통해 미술에 대한 깊은 조예와 만만찮은 필력을 보여 준 김지은 아나운서는 이 책을 통해 어려워 보이는 현대미술에 독자들이 한 걸음 다가설 수 있도록 다리를 놓아 주었다. 참신한 기획으로 독자들의 시선을 끌고 있는 '방 시리즈'. 다음 책이 무척 궁금해졌다.

《작가의 방》과 같은 해 출간한 《사막에 숲이 있다》는 20여 년간 끊임없이 풀씨를 뿌리고 나무를 심어 1400만 평이라는 어마어마한 사막을 오아시스로 만들어 낸 시골 아낙 인위쩐의 기적 같은 이야기를 담은 감동 실화다. 그리고 2004년 출간한 《국경 없는 마을》은 안산시 원곡동 '국경 없는 마을'을 배경으로 이주 노동자의 삶을 그린 책인데, 두 책

모두 '책따세' 추천도서로 선정되어 청소년들에게 많이 읽힌다고 한다.

역사추리소설의 대가 이언 피어스의 《핑거포스트 1663》(전2권)도 서해문집의 이름을 알리는데 큰 역할을 했다. 1660년내 영국, 옥스퍼드 뉴 칼리지의 로버트 그로브 박사가 의문의 죽음을 당하고 사라 블런디라는 젊은 여인이 살인죄로 기소된다. 그리고 이 살인 사건을 곁에서 보고 들은 4명의 증인이 등장한다. 이중 진실에 다가

가는 것은 단 한 명뿐. 철학·과학·종교적 열정이 폭발하던 17세기 영국의 복잡 미묘한 역사적 배경과 궤를 같이하며 지적 쾌락의 진수를 느끼게 해주는 이 책은 우리나라에 출간되기 전, 이미 미국과 유럽 독자들에게 뜨거운 호응을 받았다. 해

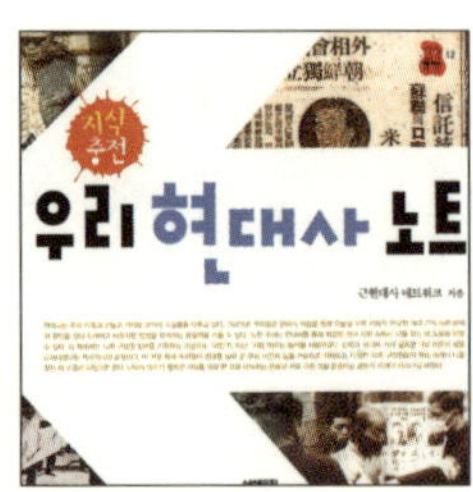

외 언론으로부터는 움베르트 에코의 《장미의 이름》에 버금간다는 찬사를 받기도 했으며, 2005년 7월에는 KBS 〈TV, 책을 말하다〉에 소개되기도 했다.

서해문집 하면 역사 계간지 《내일을 여는 역사》를 빼놓을 수 없다. 이 책은 강만길 교수가 이사장으로 있는 내일을여는

역사재단과 함께 발간하는 잡지라는데, 역사의 대중화에 힘쓰는 내일을여는역사재단과 그런 책들을 펴내고 있는 서해문집의 만남은 언뜻 생각해도 잘 어울린다는 느낌이다. 이 계간지 외에도 이미 《질문하는 한국사》 등의 독특한 대중 역사서를 펴냈고, 앞으로도 색다른 기획들을 준비 중이란다.

서해문집을 역사·고전 전문 인문출판사라고만 알고 있었는데, 이렇게 보니 대중적인 책도 꽤 있는 것 같고 펴내는 책의 분야도 비교적 다양해 보였다. 이에 대해 물으니 김 대표가 호탕하게 웃으면서 대답한다.

"역사·고전을 많이 냈던 것은 우리가 잘할 수 있는 분야를 찾다 보니 그렇게 된 것이에요. 좋은 책이라면 분야와 형태를 가리지 않아요."

그렇다면 서해문집이 생각하는 좋은 책이란 무엇일까? 그것은 사람이 사람답게 살 수 있는 세상을 만들고 인류의 정신문화를 풍요롭게 하는 책이란다. 덧붙여서 약자와 소수자, 비주류의 편에 서려고 노력한단다. 훗, 그럼 우리 편이네.

서해문집에는 어린이책을 전문으로 출간하는 자회사가 하나 있다. 이름도 예쁜 파란자전거.

"처음에는 먹고살기 힘들어서 시작했어요. 잘 안 팔리는 인문서들만 가지고는 수지타산을 맞추기도 너무 어렵고 해서, 당시 점점 시장이 커지고 있는 어린이책을 내서 위기를 극복해 보자는 게 솔직한 심정이었죠."

그런데 시간이 흐르면서 아이들에게 어떤 책을 읽히고 싶은가를 고민하다 보니 그 길이 절로 보이더란다.

"신음하는 지구, 파괴되는 환경, 인간의 탐욕으로 고갈되어 가는 자원…… 뭐, 이런 것들의 실상을 알려야겠다는 생각이 들기 시작했어요. 그래서 그런 책을 차근히 출간하다 보니 이제는 독자들도 그런 출판사로 인식해 주는 것 같더라구요."

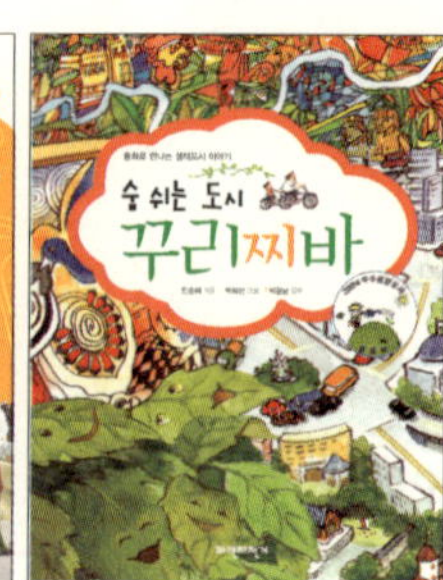

　특히 김 대표가 어느 날 문득 "뚝!"이라는 제목이, 말 그대로 하늘에서 뚝 떨어져 내리듯 머릿속에 번뜩 떠올라 기획하게 되었다는 '뚝!' 시리즈에 대한 자랑이 대단하다. 그러고 보니 책꽂이에 있는 《석유가 뚝!》, 《햄버거가 뚝!》, 《수돗물이 뚝!》이 눈에 들어온다. 아이들에게 에너지 문제, 식량 문제, 물 부족 문제 등을 알리고 싶어 기획하게 되었다는데, 아이들을 키우는 사람으로서 반갑고 고마운 책이기도 했다. 이 책의 저작권이 해외로 수출되기도 했다니 역시 이 문제들은 21세기 인류가 공통으로 겪고 있는 것인가 보다.

　앞으로도 파란자전거는 지구 파수꾼으로 활동하겠다고 하는데 그러고 보니 파란자전거라는 이름이 그에 참 잘 어울린다는 생각도 든다. 오로지 인간의 두 다리에만 의지하는 친환경 교통수단인 자전거, 게다가 오염되지 않은 맑은 하늘을 떠올리게 하는 파란색이라니.

물론, 지금은 어느 정도 자리를 잡았다고 할 수 있지만, 서해문집이란 이름만 듣고도 "아 그 출판사!" 하며 대번에 알아보는 독자들은 아직 많지 않은 게 사실이다. 역사가 오래된 것도 아니고, 책을 내며 하고 싶은 걸 마음대로 할 만큼 살림이 넉넉한 것도 아닌데, 이들은 좋은 책을 내기 위해 무엇을 어떻게 할까?

"더 많이 생각하고 더 많이 발로 뛰는 수밖에 없어요."

이런 걸 우문현답이라 해야 하나? 서해문집 직원들은 부서와 직위에 상관없이 모두가 끊임없이 기획안을 내고 아이디어를 다듬는다고 한다. 밥을 먹다가 나온 얘기가 책으로 연결되기도 하고, 인터넷 실시간 검색어 순위에 오른 단어를 가지고 한 시간 이상 토론하기도 한단다. 책에 대한 아이디어가 나오면 시간과 장소를 가리지 않고 기획회의를 진행하는 것이다.

실제로 직원들과 이런저런 얘기를 나누다가 그 내용들을 모아 김 대표가 직접 집필한 책이 《세상의 모든 지식》이고, 금융위기의 징후가 보일 때 발 빠르게 기획해서 낸 책이 《대한민국 경제, 빈곤의 카운트다운》이다. 이주여성을 소재로 한 파란자전거의 동화책 《오합지졸 배구단 사자어금니》는 영업부 직원의 기획으로 만들게 된 책이라고 한다.

'더 많이 생각하기 위해서' 일까? 서해문집 직원들은 회사의 지원으로 두 달에 한 번씩 문화 공연을 관람한다. 직원들 각자 자기 방식으로 문화적 체험을 하기도 하겠지만, 이렇게 모든 직원이 모여 공연을 함께 관람하고, 그에 대해 이야기를 나누다 보면 상상력의 에너지를 완전 충전하는 기회가 될 것도 같다. 우리가 서해문집을 방문 했을 때는 두 편의 연극과 한 편의 뮤지컬을 놓고 직원들이 투표를 하는 중이었다.

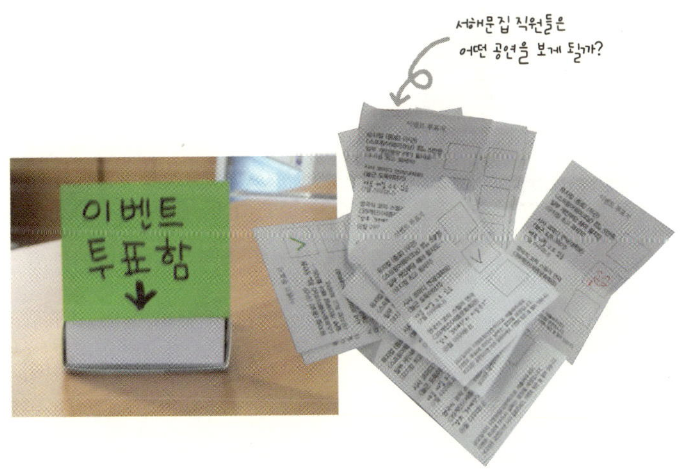

　　서해문집 사무실을 방문했을 때 궁금증을 불러일으키는 게 하나 있었다. 그것은 모든 직원들 책상에 똑같은 영양제가 놓여 있는 것이었다. 직원들 가족 중에 제약회사 다니는 사람이라도 있는 것일까? 망설이다 물어보니, 어느 날인가 피곤해하는 직원을 보고, 김 대표가 아예 모든 직원들에게 종합영양제를 한 통씩 사줬단다. 제발 좀 챙겨 먹으란 당부와 함께.

　　이 얘기를 나누는 직원들의 표정이 대부분 밝아 보였는데, 유독 한 사람만 심각했다. 약이 몸에 잘 안 받나? 아니면, 김 대

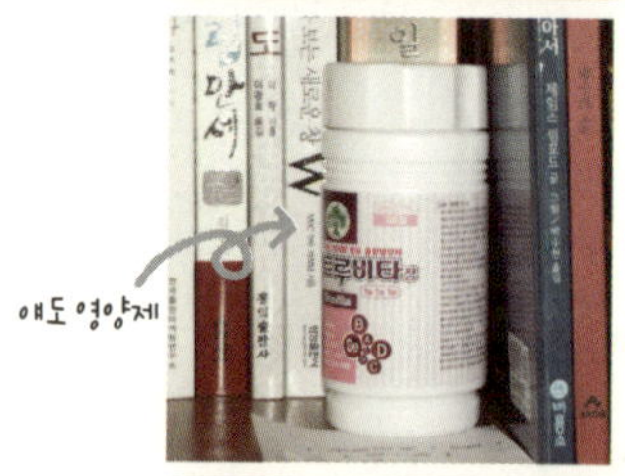

표의 직원 사랑에 감격해서?

"이건 일을 더 많이 하라는 사장님의 무언의 지시가 아닐까요?"

풋, 코피를 쏟으면서도 꾸역꾸역 일만 할 것 같은 사람들이 하는 농담이라지만 이건 좀 썰렁하다.

처음에 서해문집에 들어섰을 때는 눈앞에 가득 놓인 책들과 조용한 사무실 분위기 때문에 잔뜩 긴장했었다. 하지만 이들의 일상을 통해, 책 만드는 사람들만의 재미와 에너지 넘치는 활동들을 엿보며 우리까지 몸과 마음이 들뜨는 듯했다.

이제 서해문집의 문을 나설 때가 되었다. 수많은 출판사가 명멸해 가는 우리 사회에서 '16년 동안 베스트셀러 한 권 출간해 보지 못한 출판의 달인 서해문집'은 어떤 꿈을 꾸고 있을까?

"꿈요? 우리 책을 우리나라 사람들만이 아니라 세계 시민들이 두루 읽게 하는 것이죠. 그러려면 인류 보편적인 지혜, 사고, 문제 제기를 담은 책들을 내야겠죠? 그게 꿈이에요."

음, 이루기 힘들겠군. 국내 유수의 출판사들도 해외 유명 도서의 저작권을 엄청난 비용을 들여 수입해서 베스트셀러를 만들겠다는 꿈을 꾸는 판에, 고작 열댓 명이 일하는 소규모 출판사가 세계시장을 상대하겠다고? 그러나 이런 돈키호테가 있기에 햄릿도 빛이 나는 게 아니겠는가.

서해문집에 걸려 있는 편액. 책을 쌓는 것이 금보다 낫다는 뜻의 **積書勝金**적서승금. 누가 출판사 아니랄까봐…….

인문학 출판의 한길을 지키며
희망을 일구다

EHAK
이학사

책을 평가하는 가장 엄한 잣대는 독자의
눈이다. 이학사는 독자가 책과 교감하는
시간이 짜릿하고 풍성한 순간으로 남기를
바란다. 그 최고의 순간을 위해 이학사는
오늘도 산을 넘고 물을 건넌다.

이학사는 서울 종로구 안국동, 고풍스러
운 한옥인 윤보선 전 대통령 고택과 100
년 역사를 간직하고 있는 안동교회가 마
주보고 있는 골목 언저리, 붉은 벽돌 건물
2층에 자리하고 있다. 지금은 주변의 북
촌 한옥 마을과 삼청동으로 유명해진 동
네지만 이학사가 처음 자리 잡은 10여 년
전만 해도 이 일대는 고즈넉하기로 둘째
가라면 서러울 정도로 인적이 드문 곳이
었다고 한다. 당시 조용하고 비싸지 않은
안국동이 출판사를 하기에 적당하다고
생각해 여기에 사무실을 마련했다는 이
학사 강동권 대표는 이 일대가 점점 더 상
업적인 공간으로 바뀌어 가고 있어서 안
타까운 마음이 들 때가 많다고 한다. 이학
사가 있는 삼거리의 '웨이방 갤러리' 자
리는 원래 방앗간이었고, 그 옆에 있는 공
예방 '보나'의 한쪽 귀퉁이에는 혼자 사
는 할머니가 하던 구멍가게가 있었으며
(지금은 '조선어학회터'라는 표지석이 세워
져 있다), '아트 선재'를 빼고는 주변에 갤
러리도 없었다고 한다.

가장 오른쪽이 이학사가 있는 건물이고, 그 왼쪽으로 안동교회와 윤보선 전 대통령 고택이 보인다.

10여 년 전 얘기를 하는 강 대표의 얼굴에 짙은 그리움이 배어 있었지만, 그래도 이곳은 지척에 있는 종로나 광화문에서는 느낄 수 없는 독특한 풍취를 간직하고 있다. 이학사가 있는 골목만 해도 큰길 쪽에 면해 있지 않아 시끄럽게 차 소리 날 일이 별로 없어 보였고, 오래된 나무들이 수채화 물감처럼 골목의 진한 푸른빛을 더해 주고 있으며, 골목 곳곳에 있는 갤러리와 가게들이 자신만의 독특한 색깔을 뽐내고 있었다. 무엇보다도 100년이 넘는 시간을 간직하고 있는 한옥들, 카페들 사이에 드문드문 있는 오래된 집들 그리고 개발되지 않은 좁은 골목들이 이 일대의 향취를 지켜 주고 있다.

이학사는 이 일대의 향취처럼 고집스럽게 한길을 걷지만 끊임없이 새로운 변화를 꿈꾸며 자신만의 개성을 차곡차곡 쌓아 가고 있는 출판사다. 이름만 들으면 누구나 아는 유명한 대중 출판사는 아니지만 인문학도들 사이에서는 명성이 자자한, 10년이 넘는 시간 동안 꿋꿋이 정통 인문학 출판의 한길을 지켜 온 뚝심 있는 출판사다. 푸른빛이 절정인 초여름 안국동에서 이학사 식구들을 만났다.

이학사 사무실에 들어서면 먼저 정면에 보이는 큰 액자가 눈에 들어온다. 액자에는 붓으로 쓴 '形而上學 形而下學'이라는 글자가 담겨 있다. 이 액자는 지난해 이문창 선생의 《해방 공간의 아나키스트》 출판 기념회 때 선물로 받은 것이라고 한다. 이문창 선생이 몸담고 있는 국민문화연구소의 윤병조 선생이 책을 만드느라 애썼다며 직접 써주었다. 처음에는 감사패를 준다고 하기에 그런 것을 받는 건 부담스럽다 했더니, 오히려 붓글씨를 써서 액자까지 만들어서 주었다고 한다. 너무나 정성스럽고 큰 선물을 받게 되어서 송구스럽기도 했다고. 글귀에 담긴 의미는 '이학사'라는 이름과 관계가 있다고 한다. 많은 사람이 이학사를 한자로 쓰면 '理學社' 일 거라고 생각하지만 실제로는 '而學社'라고 하는데, 강동권 대표에게 그 속뜻을 물었다.

"사실 별 뜻이 있는 것은 아니고, '形而上學 形而下學'이라는 용어에서 '而'자와 '學'자를 가져와 지은 것입니다. 그런데 이 형이상학이라는 단어는 19세기 말에 영어의 Metaphysics를 번역하기 위해 만든 말로 《주역》〈계사전상繫辭傳上〉에 나오는 "形而上者謂之道, 形而下者謂之器"라는 말에서 따온 것이에요. 처음에 출판사 이름을 지을 때는 두 단어에서 가운데 자를 따왔으니 형이상적인 책도 내고 형이하적인 책도 내리라고 생각했는데, 어쩌다 보니 어려운 책들만 내고 말았습니다. 또 이름을 짓고 자꾸 세월이 흐르다 보니 유의미하기도 하고 무의미하기도 하고 이런저런 해석도 가능해서 잘 지었다는 생각이 듭니다. 주위에서도 그런 말을 많이 해요."

사람들은 무슨 대단한 뜻이 있을 거라고 생각하는데, 결국 유의미하기도 하고 무의미하기도 하고 이런저런 해석도 가능한 쉬운 이름이라고 한다. '이학사'의 속뜻을 설명하려면 여러 가지 이야기를 많이 해야 하지만 그래도 허를 찔렸다는 사람들의 표정을 보면 괜히 뿌듯한 생각까지 든다고.

이학사는 '삶과 존재를 고민하는 책', '새로운 인식과 반성을 담은 책'을 모토로 철학, 종교·신화, 역사, 정치·사회 분야의 책을 내고 있으며, 우리 사회의 소수자 및 아나키즘에 대해 지속적인 관심을 가지고 있다. 2001년, 전 지구화된 경제와 정치, 권력에 대한 새로운 담론으로 전 세계인의 주목을 받은 안토니오 네그리와 마이클 하트의 《제국》으로 미시 논리에 빠져 있던 국내 지성계에 신선한 충격을 던져 주었고, 2005년에는 인류의 모든 종교 현상을 집대성한 역작인 미르치아 엘리아데의 《세계종교사상사》(전3권)를 출간해 인문학 분야에 새로운 길을 개척했다. 이외에도 가족사 분야의 세계적인 업적으로 평가받는 《가족의 역사》, '정의론'에 관한 20세기 최고의 책으로 꼽히는 존 롤즈의 《정의론》, 정치인류학의 고전인 《국가에 대항하는 사회》, 여말선초의 역사와 정치, 사상과 문화를 종합적으로 아우른 최초의 연구서 《건국의 정치》, 삶과 철학의 관계 회복을 꿈꾸는 독특한 철학 입문서 《철학, 삶을 만나다》 등을 출간하면서 내실 있는 인문학 책을 내는 산실로서의 입지를 다져 왔다.

이학사의 출발은 우연하고도 자연스럽게 이루어졌다. 강동권 대표는 대기업부터 중소기업에 이르기까지 여러 회사를 다니다가 어느 날 문득 이게 아니다 싶어 회사를 때려치우고 백수 생활을 시작했다고 한다. 아침에 눈떠 부랴부랴 출근하지 않아도 되는 '아름다운 시간(?)'을 보내면서 '자연을 즐기'다가 내리 놀 수만은 없어 가장 하고 싶은 일을 하기로 했다. 오

이학사는 삶과 존재를 고민하는 책, 새로운 인식과 반성을 담은 책을 모토로 철학, 종교·신화, 역사 및 정치·사회 분야의 책을 내고 있으며, 우리 사회의 소수자 및 아나키즘에 대해 지속적인 관심을 가지고 있다.

래전부터 출판사를 하고 싶어 했기에 자연스럽게 이학사를 차리게 되었다. 고집스럽게 정통 인문학 책을 내는 이유도 의외로 간단하다.

"출판을 하면서 그나마 제가 가장 잘 알고 잘할 수 있는 분야이기 때문이에요. 저는 큰 서점에 가서 책을 둘러보고 나면 한동안 어지러움을 느껴요. 그 대단한 기획들에 놀라고, 그 화려한 표지와 장정에 눈이 휘둥그레져요. 그런 걸 꿈도 꾸지 못하는 나는 한심한 사람이죠. 그런 것들은 제 능력 밖입니다. 저는 제가 내는 인문학(광의의 인문학) 외의 분야, 즉 어학, 경제경영, 자기계발, 문학 등의 분야는 정말 모르거든요. 출판사 초기에 장 지오노 선집을 낸 적이 있어요. 제가 개인적으로 좋아했고 그래서 잘 안다고 생각했죠. 그런데 책을 내면서 문학은

제대로 된 인문학 책을 내는 것 말고는 달리 할 일이 없다는 이학사 강동권 대표와 그의 방.

제가 잘할 수 있는 분야가 아니라
는 것을 알게 됐어요. 그래서 그
이후에 문학 분야는 접었습니
다. 저는 사람은 자기 능력 내에
서 할 수 있는 일을 해야 한다고 늘
생각하고 있어요. 물론 능력을 키울 수
는 있겠지만, 과유불급이지요. 그래서 그저 제 능력 안에서 할
수 있는 제대로 된 인문학 책을 내는 것 말고는 달리 할 일이
없다고나 할까요?"

한국 사회에서 정통 인문 출판을 고집하는 것은 쉬운 일이
아니다. 그나마 대중 인문서들은 어느 정도 수요를 기대할 수
있지만 이학사에서 내는 책들은 많은 시간 곱씹어 보며 공을

137

들여 읽어야 되는, 단적으로 말하면 읽기 힘든 어려운 책들이 많아 시장성을 기대하기가 힘들다. 심지어 필자들이 편집자들에게 '어려운 원고 읽으려면 지겹거나 힘들지 않은지' 물어볼 때도 있다고 한다. 하지만 이학사는 그런 책들이 우리 삶과 학문과 문화를 다양하고 풍요롭게 하는 밑거름이 된다고 믿고 있다. 그리고 지금까지 잘 버텨 올 수 있었던 것도 좋은 원고를 계속 내밀어 주는 필자들, 이학사를 굳게 믿어 주는 독자들이 있기 때문이다. 실제로 이학사에서 나온 책이기 때문에 믿고 구매한다는 독자들도 많다고 한다. 또 당장에는 많이 팔리지 않지만 쉽게 죽지 않는 책을 꾸준히 내고 있기 때문에 그런 책들의 목록이 쌓이고 쌓여 지금의 이학사를 지탱하며 앞으로의 발전도 기약할 수 있게 해준다.

이학사를 성장시킨 책

영화감독들에게 자신의 작품 중에서 첫 번째로 꼽을 수 있는 영화가 무엇이냐고 묻는다면 쉽게 대답할 수 있는 사람이 거의 없을 것이다. 그것은 배우도 마찬가지고, 음악가도 마찬가지다. 지속적으로 창조적인 결과물들을 생산해 내는 개인이나 집단 누구도 열 손가락 깨물어 안 아픈 손가락 없듯이 자신의 결과물 중에서 특정 작품이 최고라고 쉽게 말하기는 힘들다. 더욱이 출판사는 필자와 역자 때로는 그림 작가, 사진 작가까지 여러 사람이 만들어 내는 결과물을 조합하고 꿰매어 '책'이라는 또 하나의 완성품을 만들어 내는 집단이 아닌가. 많은 사람의 노력과 열정이 담겨 있기에 함부로 단정 짓기 어려운 것이 또한 책이다. 그래서 그런지 이학사의 대표 도서를 꼽는 데에도 몇 가지 단서가 붙는다.

먼저 이학사의 이름을 본격적으로 널리 알린 책은 안토니오 네그리와 마이클 하트의 《제국》이다. 'Empire'라는 영어판 제목으로도 잘 알려져 있는 이 책은 앞에서도 말했다시피 현재의 전 지구적 권력 구조에 대한 대담한 분석으로 새로운 담론과 이슈를 만들어 내면서 출간 당시 많은 논쟁을 불러일으켰

다. 애초에 20여 개 나라에서 동시에 출간할 계획이 있었기에 (여건상 이 계획은 무산됐다), 이학사는 출간도 되지 않은 원서의 가제본판을 들고 번역자를 물색해야만 했다. 어렵게 윤수종 교수와 연이 닿아 책을 내게 되었는데, 이 책의 파급력은 예상보다 컸다. 《제국》은 이학사의 이름을 널리 알리는 계기가 되었고 지금까지도 꾸준한 판매고를 보이며 효자 구실을 톡톡히 하고 있다.

　이학사에서 오랜 시간 공을 들여 내놓은, 자랑으로 삼을 만한 책은 《세계종교사상사》이다. 인류의 정신문화사를 집대성하고, 종교가 인간과 하늘의 추상적 관계 혹은 고도의 이론과 정교한 형식 속에 갇혀 있는 도그마가 아니라 우리 삶에서 살아 숨 쉬는 유기체라는 사실을 보여 준 이 책은 종교학계 최고 거장 미르치아 엘리아데의 마지막 저서다. 이 책은 분량이 세 권 합쳐 2,000쪽이 훨씬 넘고, 엘리아데의 풍부한 상상력과 예리한 직관을 읽어 내기가 쉽지 않아 옮긴이들도 애를 많이 먹었다고 한다. 교정·교열 작업 역시 쉽지 않았다. 워낙 방대한 책이라 원서를 대조해 가며 살펴볼 부분이 많았고 낯선 용어나 생소한 언어(사어를 포함해 10여 종의 외국어가 나온다)를 정

리하는 일도 만만치 않았다. 실제로 이 책의 번역과 교정·교열에는 7년의 시간이 걸렸다고 한다. 다행히 출간된 뒤 독자들의 반응이 좋았고, '2005년 한국출판문화상 번역상'을 수상하는 성과도 낳았다. 꼭 번역되어야 하는 고전이었지만, 종교학 책의 출판이 여의치 않은 한국에서 과연 출간될 수 있을까 하는 우려를 낳았던 이 책은 이학사를 통해 우리 사회에 소개되었고 인문학 분야의 필독서로 자리매김하고 있다.

사르트르의 《지식인을 위한 변명》은 출간 이후 독자들의 꾸준한 관심을 받아온 스테디셀러다. 이 책은 평생 '현실 참여'라는 화두를 놓지 않았던 실천적 지식인의 대명사 사르트르가 자신의 지식인론을 집약한 20세기의 고전이다. 누구나 한 번쯤 제목을 들어 보았을 법한 이 책은 2007년에 이학사에서 새롭게 번역, 출간되었다. 1990년대에도 몇 차례 출간된 적이 있었지만, 이학사가 처음으로 프랑스의 갈리마르 출판사와 계약을 맺고 정식 한국어판을 출간했다. 고전은 시대가 변해도 새로운 가치를 생산해 내며 빛을 발한다고 하지 않았던가. 책의 토대인 사르트르의 강연이 이루어진 지 40년도 더 지났지만 그의 외침은 신자유주의의 폐해가 만연한 지금 우리 사회에도

강력한 메시지를 전달하고 있다. 지식인의 현실 참여 문제가 불거질 때마다 이 책이 끊임없이 회자되는 것도 그런 이유 때문일 것이다. 옮긴이 박정태 선생은 사르트르를 공부한 전문 학자로, 기존 번역본의 오류를 바로잡고 사르트르의 강연체를 생생하게 살리기 위해 많은 노력을 기울였다. 특히 청소년도 읽을 수 있도록 중요한 인물이나 용어가 나올 때마다 친절한 주석을 달았는데, 거기에는 사연이 있다고 한다. 번역할 당시 강 대표의 딸이 막 고등학교에 입학할 때였는데, 딸이 이 책을 읽고 이해할 수 있도록 딸의 눈높이에서 옮긴이와 협의하여 역주를 달았다는 것이다. 좋은 책을 가까이하기를 바라는 세상의 모든 아버지의 작은 소망이 책에 담겨 있다는 생각이 들어 마음이 따뜻해졌다.

앞으로 이학사가 어떤 책들을 낼 것인지 궁금한 독자들은 이학사에서 나오는 시리즈들을 주목해 보면 될 것 같다. 시리즈는 자칫 책 한 권에서 끝나 버릴 수 있는 논의들을 계속 발전·확장시킬 수 있는 발판을 마련해 준다. 이학사는 발간 종수에 비해 시리즈가 많은 편인데, 그중에는 '신화 종교 상징 총서'나 '쉽게 읽는 철학'처럼 처음부터 뚜렷한 기획 의도를 가지고 출발한 것들도 있고, '소수자 시리즈'처럼 특정 분야에 계속 관심을 가지고 책을 내다 보니 하나의 시리즈처럼 굳어진 것들도 있다.

'소수자 시리즈'는 이학사가 의미 있게 생각하는 시리즈 중 하나다. 소수자 시리즈의 출발은 《다르게 사는 사람들》인데, 이 책은 우리 사회의 소수자들(트랜스젠더, 비전향 장기수, 동성애자, 장애인, 넝마주이, 외국인 노동자 등)이 직접 쓴 글들을 엮은 책이다. 책 속에서 소수자들은 한목소리로 이렇게 말한다. "우리는 틀린 것이 아니라, 다만 당신들과 조금 다를 뿐이다." 이 책은 그전의 책들과 달리 소수자들을 바라보는 타인의 시선을 담은 것이 아니라 그들이 직접 쓴 글들을 엮었다는 점에서 그들이 세상과 직접 소통할 수 있는 기회를 마련해 주었다. 《다르게 사는 사람들》은 소수자를 배제하려고만 했던 우리 사회에 일침을 날렸고, 더불어 살아가는 사회에 대한 고민이 절실함을 다시 한 번 일깨웠다. 이학사는 《다르게 사는 사람들》 이후에 《내일로 희망을 나르는 사람들》, 《우리 시대의 소수자 운동》, 《세계의 꿈꾸는 자들, 그대들은 하나다》 등의 소수자 관련 책을 계속 내왔으며 앞으로도 이 기획은 계속될 것이다.

철학 책 읽기에 도전했다가 포기해 본 경험이 있는 독자들에게는 '쉽게 읽는 철학' 시리즈를 권하고 싶다. 이 시리즈는 칸트, 헤겔, 쇼펜하우어, 니체 등 근대 독일 철학자들의 원전을 읽는 데 도움을 주기 위해 기획된 시리즈로, 원전의 주요 내

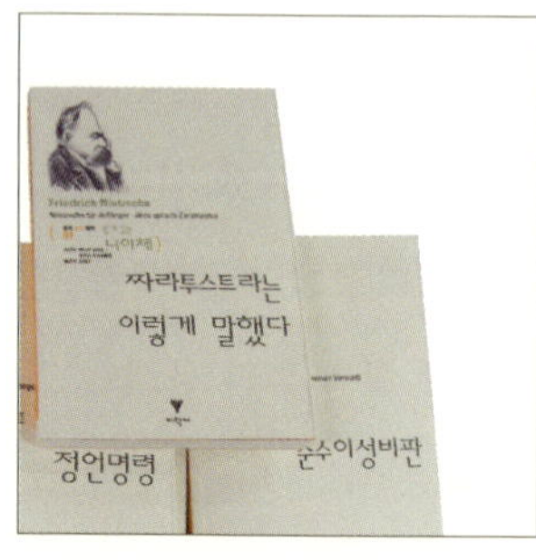
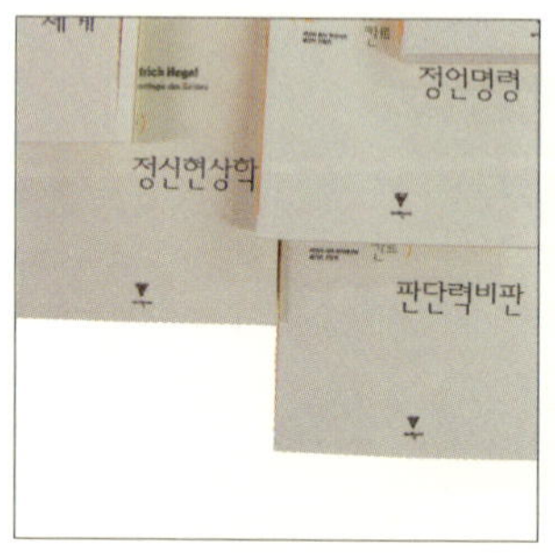
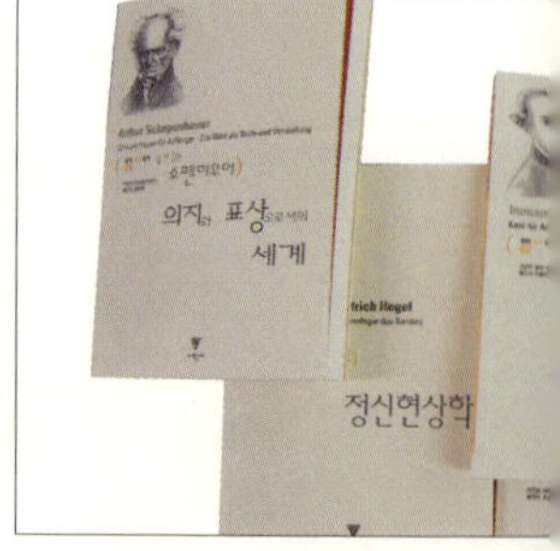

용을 충분히 인용하면서도 다양하고 재미있는 사례를 통해 초보자도 쉽게 이해할 수 있도록 했다. 지금까지 《쉽게 읽는 칸트: 순수이성비판》, 《쉽게 읽는 헤겔: 정신현상학》, 《쉽게 읽는 니체: 짜라투스트라는 이렇게 말했다》, 《쉽게 읽는 칸트: 정언명령》, 《쉽게 읽는 쇼펜하우어: 의지와 표상으로서의 세계》, 《쉽게 읽는 칸트: 판단력비판》까지 6권이 나왔고, 현재 《쉽게 읽는 니체: 비극의 탄생》을 준비 중이다.

이학사가 또 하나 고집스럽게 내고 있는 책들이 있는데 바로 '아나키즘' 관련 책들이다. 현재 활동 중인 아나키스트들 중 최고령(83세)이면서도 여전히 열혈 청년처럼 정열적으로 활동하고 있는 이문창 선생이 쓴 《해방 공간의 아나키스트》를 비롯해, 《아나키즘 이야기》, 《한국 아나키스트들의 독립운동》, 《저항과 희망, 아나키즘》, 《한국의 아나키스트》, 《공동체, 아나키, 자유》, 《한국 아나키즘 100년》 등 아나키즘 책만 7권을 냈다. 아마 모르긴 해도 이학사가 꿈꾸는 진정한 세계는 아나키즘이 표방하는 것처럼 자유롭고 평등하며 지배가 없는 정의로운 세계가 아닐까?

이학사는 최대한 독자가 쉽게 읽을 수 있는 책을 내야 한다는 원칙을 갖고 있다. 아무리 어려운 원고라도 무조건 독자의 입장을 먼저 고려해 교정 원칙을 세운다. 그렇다면 어려운 원고에 대처하는 비기 같은 것이 있을 법한데, 아쉽게도 그런 것은 없다고 한다. 읽고 또 읽고, 공부하고 또 공부하면서 가장 정확하고 효과적으로 의미를 전달하는 방법을 계속 고민한다고 한다. 특히 번역서는 내용도 어렵고 오역이 많은 경우도 있어 한숨이 절로 늘지만, 독자들에게 부끄럽지 않은 책을 만들기 위해서는 최대한 오류를 줄이고 교정을 많이 보는 수밖에 도리가 없다고 한다.

좋은 원고 보는 눈을 기르는 방법도 똑같다. 공부를 꾸준히 하지 않으면 인문학 분야의 전체적인 맥락을 알 수가 없고 어떤 책이 오랫동안 독자들의 사랑을 받으며 생존할 수 있을지 가늠하기가 쉽지 않다. 폭넓고 깊은 공부를 해야 하는데, 이학사 직원들은 원고 보랴 공부하랴 여간 바쁜 게 아니란다. 이학사의 막내 편집자는 사장님께 공부해야 한다는 잔소리를 매일매일 듣고 있다고.

책을 평가하는 가장 엄한 잣대는 독자의 눈

이다. 이학사는 독자가 책과 교감하는 시간이 짜릿하고 풍성한 순간으로 남기를 바란다. 그 최고의 순간을 위해 이학사는 오늘도 산을 넘고 물을 건넌다.

느리지만 한 걸음씩 앞으로

이학사에서 조금만 더 삼청동 쪽으로 올라가면 정독 도서관이
나오는데 이곳은 이학사의 자랑이다. 이학사 직원들은 참고해
야 할 책이 있으면 언제든지 가서 책을 보고, 도서관 안에 있는
넓은 잔디밭에서 휴식을 취하기도 한다. 한참 졸음이 몰려올
때 삼청동 주변을 산책하면서 커피 한 잔 마시는 즐거움 또한
자랑거리다. 이 일대의 한적함이 좋아 산책하는 기분으로 사
무실에 들르는 필자들과의 대화도 즐겁다. 화려한 건물을 가
진 것도 아니고 내놓는 책이 높은 판매고를 자랑하는 것도 아
니지만 이학사 식구들은 앞으로도 계속 이런 소소한 기쁨을
간직하면서 느리지만 조금씩 발전해 가는 모습을 보여 주고
싶다고 한다. 지금까지는 학술적인 책을 내는 데 방점이 있었
지만, 앞으로는 그것과 더불어 현실에 대해 적극적으로 발언

이학사 직원들의 자랑 정독 도서관.

잠이 오면 이 거리를 산책하며 잠을 쫓는다.

하고 우리 사회의 여러 문제를 조명하는 책을 내보겠다는 포부도 가지고 있다. 또 기회가 되면 지금까지 시도해 보지 못했던 예술 분야의 책도 내볼 계획이란다. 그리고 무엇보다도 구성원들이 자신의 꿈을 실현할 수 있는 그런 출판사를 만들어 가는 것이 이학사의 가장 큰 꿈이다. 이학사의 꿈들이 하나하나 실현될 그날을 기대해 본다.

상상력이 고갈되지 않도록,
쉼없이 꿈을 꾸다

효형출판

효형출판에서 나오는 책들은 화려하고 떠들썩한 광고와는 거리가 멀다. 하지만 효형출판의 책에서는 그들만의 자부심과 일관된 소신이 느껴진다. 돈과 유명세로는 얻을 수 없는, 지향과 원칙이 뚜렷한 이들만이 가지고 있는 것 말이다.

주인 없는 쓸쓸한 사무실에 들어서니 소박하게 생긴 오디오에서 나오는 클래식이 온몸을 따뜻하게 감싸 안았다. 주인은, 클래식을 즐겨 듣기도 하지만 적막을 없애기 위해 음악을 항상 켜 놓는나고 한다. 고전과 현대의 어울림, 동양과 서양이 공존하는 느낌의 사무실 인테리어는 대립적이면서도 안정감을 주었다. 지인들이 선물한 전각이며 사진 등 어느 것 하나도 그에겐 소중하지 않은 것이 없다.

효형출판 송영만 사장의 방 안 구석구석 지인들의 향기가 담긴 물건들이 자리 잡고 있는 모습이 책을 매개체로 연결되는 효형출판만의 끈끈한 미덕을 보는 듯했다.

효형출판 사장실에 있는 소박한 오디오.

출판사 이름에는 송 사장의 가족이 있다. 처음엔 좋은 뜻이 담긴 우리말로 짓고 싶었지만 주변 출판사들이 이미 다 사용한 것 같아 고심하던 차에 사랑하는 두 아들의 이름을 한 글자씩 따는 건 어떨까 하다가 효형이 나왔다. 송 사장은 아이들에 대한 아버지의 사랑이 은연 중 표현돼 일석이조의 덕을 누린 셈이라며 좋아한다. 효형출판은 두 아이들에게 지난 세월 동안, 그리고 앞으로도 부끄럼 없는 책을 만들겠다는 일념으로 가득했는데, 그것은 내 아이들의 이름이 걸려 있는 곳에서 나온 책이 독자의 서가에 꽂혀 빛이 나길 바라는 마음이 크기 때문일 게다. 그러나 송 사장은 두 아이들에게 출판을 강요할 생각은 없다고 한다. 사랑으로 만든 간판을 내걸고 그 사랑의 결실을 보존해 나간다는 것은 중요한 일이지만 그들이 진정 원할 때 효형의 두 글자가 더욱 빛날 수 있음을 우리도 그의 눈빛을 보고 알 수 있었다.

2003년 12월에 만들어진 효형출판 사옥은 《건축, 음악처럼 듣고 미술처럼 본다》의 저자 서현 교수의 작품이다. 오래 된 지인이기에 굳이 말하지 않아도 될 만큼 교감을 나누었다고나 할까? 서 교수는 송 사장의 집을 찾아가 그가 움직이는 동선을 건물 내부에 적용했다고 한다. 출판사답게 건물의 상징 또한 책이었을 터, 건물 외벽은 책꽂이 형태를 본떴고 그 속에 꽂혀 있는 책 결을 살리기 위해 일일이 나무 조각을 심어 표현했다.

송 사장은 효형의 출판 분야가 결코 전문 예술이 아니란다. 혹자는 장인 정신으로 책을 만든다고 하던데, 송 사장은 '할 게 없어서'라고 대답한다. 흐음, 과연 그럴까? '인문·예술 서적은 어렵고 고루하다'는 고정관념을 깨고 인문적 바탕 위에 새로운 시대성신을 담고 싶었던 게 아니고?

송 사장이 출판을 하게 된 동기는 너무나 맹랑했다. 그는 외교학과를 졸업한 뒤 신문사 출판부, 연구소, 계간지 편집자를 거쳐 저널지에서 일했다. 사회과학의 붕괴로 세상에 대한 관심을 상실하고 있을 무렵, 그가 일하던 저널지에 우익 성향이 짙은 발행인이 등장했다. 송 사장은 자신의 뜻을 펼치기에는 한계가 있다고 보고 고민 끝에 자기만의 출판에 본격적으로 뛰어들기로 결심했다.

나이 마흔을 넘겨 시작한 출판 사업은 고생의 연속이었다. 1994년에 창립을 했지만 출판은 생각만큼 호락호락하지 않았고 결국 연구원이던 아내가 이룬 조그마한 아파트마저도 팔아야 했다. 그는 절망하기보다는 주변을 돌아보며 재기의 꿈을 키웠다. 그러던 중 국립중앙박물관 미술부장으로 일하고 있던 대학 동창을 만나 함께 작업을 시작했다. 그 결과물이 1997년 6월에 탄생한 《나는 공부하러 박물관에 간다》이다.

이 책은 30여 년간 박물관에 몸담아 오면서 한국미의 숨결과 체취에 천착해 온 저자가 명품 문화재들과 나눈 마음의 대화다. 서화, 청자와 백자, 불상, 범종 등 다양한 미술품에 대한 느낌을 '늠름', '생동감' 같은 키워드로 풍성하고 신선하게 구현했으며, 한국미의 세계를 산책하며 옛사람의 멋과 생활철학을 보여 준다.

"박물관에서 매일매일 만나는 전통 문화재의 아름다움 때문에 박물관 생활이 즐겁다"는 저자는 전통 문화재 명품을 통해 자신의 미 체험과 더불어 아름다움에 대한 새로운 인식을 일깨워 준다. 그는 생명력 없는 예술품은 화석일 뿐이며, 최고의 아름다움은 생명 그 자체라는 믿음으로 이 책에 생명력을 불

155

어 넣었다.

방학 때가 되면 어김없이 주어졌던 박물관 탐방 숙제, 누구나 한번쯤 경험해 보았을 것이다. 그런데 정작 박물관에 가보면 박물관에 붙어 있는 작품 설명은 아이들뿐 아니라 어른들에게도 다소 딱딱하고 어려운 편이다. 어려운 설명은 작품에 대한 이해를 도와주기는커녕 오히려 방해 요소가 된다. 그런데 박물관에 가보면 천천히 작품을 감상하고 즐기는 아이들보다 수첩을 들고 이리저리 기웃거리며 무릎을 책상 삼아 또는 유리벽에 손자국을 내며 설명을 베끼는 데만 몰두하는 광경을 목격하게 된다. 이 책은 박물관이 어렵고 딱딱하다고 생각하는 이들에게 옛 사람의 멋과 생활철학, 우리 것의 소중함, 휴식과 감성을 느끼게 하는 미술 책이 될 것이다.

아이들 손을 잡고 미술관이나 박물관에 가서 작품을 함께 감상하고 설명해 주는 모습! 생각해 보라. 어깨가 절로 으쓱해지는 느낌이다.

효형출판은 이 책으로 무사히 첫 발돋움질을 시작했다. 그 뒤를 이어 출간한 책이 《김병종의 화첩기행》(전3권)이었는데, 김 교수는 송 대표가 재수할 때 만난 친구였다. 재수도 삶에 커다란 자양분이 될 수 있음을 기억할 일이다. 서울대 미대 교수로 있으면서 서울대 미술관장을 겸하고 있는 그는 순수예술을 이어 가면서 폭넓은 대중적 인기를 함께 누리고 있고, 유려한 필력과 그림에서 전해지는 강렬한 아름다움으로 많은 독자들과 미술 애호가들을 사로잡고 있다.

《김병종의 화첩기행1》
_예의 길을 가다

작가는 우리나라 예인이라는 숨겨진 금광을 찾아내 우리들에게 그 갱도 坑道를 보여 준다. 새삼 놀라게 되는 것은 문학, 미술, 음악, 창唱, 영화, 무용, 심지어 서커스에 이르기까지 문화 예술 전반에 대한 저자의 폭넓은 관심이다. 그는 장르의 벽을 자유자재로 넘나들며 이 땅에서 예藝를 한다는 것이 무엇인지 묻는다.

《김병종의 화첩기행2》
_달이 뜬다 북을 울려라

예술의 창을 통해 세상을 바라볼 수만 있다면……. 예나 이제나 이것은 나의 꿈입니다. 나만의 꿈일 뿐 아니라 우리 모두의 현실이기를 소망하는 바이기도 합니다. 예술의 창을 통해 바라본다면 고달픈 세상살이도 한결 나아질 것이라고 믿기 때문입니다. 어지러운 풍경들도 훨씬 정돈될 것이라고 보기 때문입니다. 그것이 보이지 않는 예술의 힘입니다. −《김병종의 화첩기행2》 중에서

두 번째 권에서는 그간 우리 예술사에서 소외된 예인들을 따

효형출판

뜻한 눈길로 끌어안으며 역사 인물로의 복권을 시도한다. 추사와 함께 조선 후기 서단을 이끈 서예가 이삼만, 근대 여명기 최고 여배우 이월화, 조선의 마지막 도편수 배희한, 안성 남사당패의 명인 바우 덕이 등이 그들이다. 이들의 이야기를 읽다 보면 왠지 쓸쓸하면서도 애잔한 그림자가 가슴에 드리워지는 듯하다. 예술이 곧 삶이었던 이들의 치열한 쟁이 정신은 시간과 공간을 초월해 읽는 이를 숙연케 한다.

저자는 "예술의 역사는 당대 아웃사이더들의 역사이기 때문에" 성공한 예술가보다 실패한 예인들에 초점을 맞추었다고 한다. 문화와 예술 전반을 폭넓게 다루면서 우리나라 곳곳을 기행한 소감과 그림을 함께 담았다.

《김병종의 화첩기행3》
_고향을 어찌 잊으리

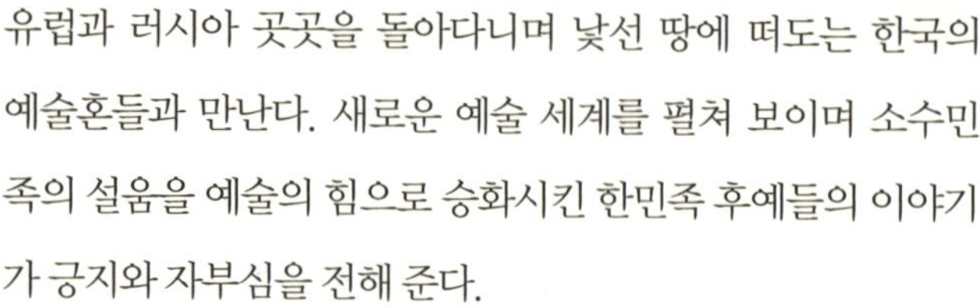

세번째 권에서는 이런저런 이유로 고향과 고국을 떠났다가 다시 돌아오지 못한 채 타국 땅의 한 줌 흙이 된 예술가들을 다루었다. 저자는 일본과 중국, 유럽과 러시아 곳곳을 돌아다니며 낯선 땅에 떠도는 한국의 예술혼들과 만난다. 새로운 예술 세계를 펼쳐 보이며 소수민족의 설움을 예술의 힘으로 승화시킨 한민족 후예들의 이야기가 긍지와 자부심을 전해 준다.

이 책은 주로 해외에서 활동한 우리 예술가들의 삶과 예술혼, 민족 사랑 등을 절절하게 그려 내 1, 2권과는 또 다른 감동

을 안겨 준다. 우리 예인들에 대한 김병종의 애정은 구천에 떠
도는 그들의 혼을 불러내 이야기를 듣고, 위로하며 다시 희망
을 그려 간다.

저자는 책 속에서 자신의 글과 그림 재주를 유감없이 내보
이고 있다. 유려한 문체와 지적인 어휘, 청량한 그림만으로도
기행문 중에서 단연 돋보이지만, 무엇보다도 이 책이 가슴에
오래 남는 이유는 앞서 간 예술인들에 대한 저자의 깊은 애정
과 존경 때문이다.

효형출판

베스트셀러, 스테디셀러

책 좀 읽는 사람들이라면 효형출판에 베스트셀러가 별로 없음을 알고 있을 것이다. 효형출판은 베스트셀러를 지향하는 출판사가 아니다. 물론 좋은 책을 만들어 그 책이 베스트셀러가 된다면야 좋은 일이겠지만 의도적으로 베스트셀러를 지향하지는 않는다.

효형출판의 책들을 살펴보면 디자인에서부터 일관성이 느껴지는데, 그 느낌은 사옥에서도 느껴지던 것들이다. 검정색과 흰색의 윤곽에서 풍겨 나오는 정돈됨과 세련미는 세월의 흐름과 무관할 듯하다. 또한 제목이며 소제목, 단어 하나하나까지 딱 들어맞는 표현들을 구사한 걸 보면 신기하기까지 하다. 이런 걸 효형스럽다고 해야 하나?

세상과 타협하기보다는 내가 올라야 할 봉우리를 향해 걷고 또 걷는 자세! 베스트셀러보다 스테디셀러가 많이 나오는 이유가 바로 이 자세에서 탄생한 것은 아닐까?

효형출판의 사무실 내부. 노란 창문이 이채롭다.

나는 걷는다, 우리는 걷는다

효형의 이름을 세상에 널리 알린 책으로 베르나르 올리비에의 《나는 걷는다》(전3권)가 있다. 터키 이스탄불에서 중국 시안까지 무려 1만 2천km의 실크로드를 따라 걸으며, 걷는 여행을 통해서만 느낄 수 있는 느림의 미학과 문화의 속살들을 이야기한 책으로 효형이 낸 책 중 이례적으로 독자들의 뜨거운 호응을 받았다.

1999년 봄 올리비에는 예순두 살의 나이로 이스탄불에서 중국 시안까지 1만 2천km에 이르는 전실의 길 실크로드를 4년 안에 걸어서 가리라 결심하고 길을 떠난다. 그렇게 해서 쓰인 세 권의 책 중 1권은 그 여행의 첫 기간(1999년 봄에서 여름까지)을 다룬 것이다. 그가 세운 계획은 이스탄불에서 출발해 이란 테헤란에 도착하는 것이었다. 여행을 계속할수록 그는 마음을 비워야 이 여행의 참된 가치를 발견할 수 있음을 깨달아 간다.

2000년 봄, 베르나르 올리비에는 다시 여행을 시작해 터키의 마지막 구간을 보충한다. 이어 타브리즈, 테헤란, 네이샤부르 등 이란의 주요 도시를 거쳐, 7월에는 여름 횡단이 불가능하다고 하는 끔찍한 카라쿰 사막과 맞닥뜨리면서 여행을 하는 데 반드시 필요한 물(사막을 걸으며 생존하려면 하루 12리터는 마셔야 한다)을 싣고 갈 낙타를 직접 만들기로 결심한다. 꼬마 자전

거를 사서 차체를 분해해 수레를 만든 올리비에는 EVNI(Extrange Véhicule Non Identifle 미확인 주행물체라는 뜻의 프랑스어 약자)라는 이름까지 붙이고 직접 끌고 다닌다.

침묵만이 함께하는 사막을 여행하면서, 그는 자신의 지평을 계속 넓혀간다. 지평선 너머로 우즈베키스탄 사마르칸트의 황금빛 돔이 보이는 순간까지!

베르나르 올리비에는 여행가다. 자신을 작가라 생각하지 않는다. 그리고 바로 그 점이 기성 여행 작가가와는 또 다른 결과물을 낳게 한 것은 아닐까 싶다. 올리비에는 아름다운 문장으로 지면을 채우기보다 실제 경험한 것을 쓰려 했다. 그는 쓰기 위해서, 책을 만들기 위해서 여행하지 않는다. 그는 자신을 발견하기 위해 걷고, 걷다 보니 쓰게 된 것이다.

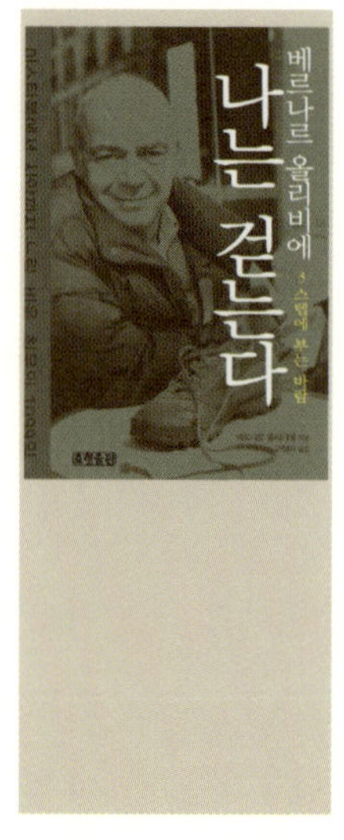

"우리가 경쟁을 위해 쉼 없이 달리기보다 무거운 짐을 내려놓고 욕심 없이 산으로 걷기 원합니다. 럭셔리한 골프와 향내 짙은 와인에서 즐거움을 찾기보다는 쉽게 구한 허름한 등산화를 신고 허물없는 이웃과 따뜻한 막걸리를 나누기 권합니다. 이것은 '진화'라고 할 수 있습니다."

누구의 말일까? 올리비에의 말이 아니다. 올리비에의 책을 출간하고 그 결과 걸음의 미학이 그 어떤 럭셔리한 삶과 소중한 물건보다 더 아름답다는 사실을 깨달은 효형출판 송영만 사장의 말이다. 송 사장은 올리비에와의 만남을 계기로 일확천금의 꿈을 어깨에서 내려놓을 수 있었다. 궁금한 독지기 계시다면 오늘 바로 파주출판도시 입구로 달려가 사람 좋아 보이는 얼굴에 눈빛 하나만은 형형한 송 사장을 만나 볼 일이다. 정말 어깨가 가벼워졌는지.

책이 소중한 까닭은 바로 이런 역할을 하기 때문일 것이다. 한 사람의 삶, 철학, 존재의 이유를 바꾼다. 그리고 그 결과는 세상과 역사를 바꾸는 길로 이어진다.

올리비에의 이 유명한 책은 KBS 〈TV, 책을 말하다〉에 소개되기도 했다. 책 출간 당시 한국을 방문한 올리비에는 독자들과 함께 파주출판도시에서 걷기 행사를 가진 뒤 뒤편 심학산에 올라 막걸리를 나눠 마시기도 했다.

베르나르 올리비에와의 만남을 통해 어깨가 한결 가벼워졌다면 《우리들의 소풍》을 읽어 보는 것도 괜찮다.

KBS 〈TV, 책을 말하다〉에 출연한 올리비에 베르베르.

무대는 네팔의 수도 카투만두 변두리의 '소풍'이라는 밥집. 시인이자 트레킹 저널리스트인 김홍성 씨가 부모님, 관광객, 네팔 현지인들과 함께 만들어 가는 따뜻한 이야기를 만날 수 있다.

참새가 날아가면서 싼 똥을 눈에 맞으면 "코끼리가 날아다니면서 똥을 싸지 않는 게 다행"이라고 할 만큼 느긋하고 낙천적인 네팔 사람들. 그들과 함께 만들어 가는 소박한 밥상과 인생 이야기는 우리가 모르는 또 다른 삶의 가치에 대해 고민하게 한다.

라리구라스 꽃은 우리나라 지리산의 진달래처럼 화약 연

기 속에서도 피고 선혈이 스민 땅에서도 핀다. 그래서 어쩌라는 것인지. 해마다 더욱 붉게 피고 더욱 붉게 진다

사랑하는 아내를 간암으로 떠나보낸 뒤 저자는 허무한 소풍에 앉아 무덤덤하게 이렇게 읊는다. 여기서 

'소풍'에서 함께 일하는 네팔 친구들

'베스트셀러'니 '엘리트'니 '부사 나라'니 '가난한 나라'니 하는 단어가 떠오르는 독자가 계시다면 인간성이 동나 버린 현대인임을 스스로 부끄러워해야 할지도 모른다.

효형출판

한자로 쓰면 正祖大王 華城幸行 班次圖. 그러니까 정조대왕께서 화성으로 행차하는 대열을 그린 반차도란 말이겠다. 그런데 반차도란 또 무엇인가?

'반차'란 '나누어진 소임에 따라 차례로 행진하는 것'을 일컫는 말이니 '반차도'를 보면 그 순서에 따라 행사에 참여하는 이와 역할을 알 수 있겠다. 반차도에는 국왕의 대가大駕 앞을 호위하는 선상先廂과 전사대前射隊를 비롯해 주인공인 국왕과 왕비의 가마, 이들을 후미에서 호위하는 후상後廂, 후사대後射隊 등과 행사에 참여한 고위 관료, 호위 병력, 궁중의 상궁, 내시, 행렬의 분위기를 고취하는 악대, 행렬의 분위기를 잡는 뇌군(헌병) 등 각종 신분의 인물들이 자신의 임무와 역할에 따라 위치를 정해 행진한다. 행렬 중에는 말을 탄 이들의 모

《정조대왕 화성행행 반차도》. 모두 펴면 그 길이가 12.5m나 된다.

습도 보이고 걸어가는 이들의 모습도 보인다. 여성도 상당한 비중을 차지한다. 말을 탄 상궁부터 침선비針線婢 등 궁궐의 하위직 여성들까지 다양하다. 반차도에 나타난 행렬의 모습은 뒷모습을 그린 것, 조감법으로 묘사한 것, 측면만을 그린 인물도 등 다양하다.

바로 이 반차도를 처음 책으로 펴낸 곳이 효형출판이다. 2000년 7월에 출간한 《정조대왕 화성행행 반차도》는 정조대왕이 그의 어머니 혜경궁 홍씨를 모시고 지금의 창덕궁 돈화문에서 출발해 8일간의 화성 행차에 나서는 모습과 그 준비·진행 과정을 그림을 통해 쉽게 풀이낸 책이다. 정조 시대는 조선의 르네상스라 불릴 만큼 문화·예술이 찬란하게 꽃핀 시대다. 그중에서도 1795년 화성 행차는 많은 이벤트 중 백미로 꼽힐 만큼 당시 왕조 문화의 절정을 보여 주는 한 편의 파노라마

효형출판

였다. 그 행사의 세부 내용을 치밀하게 기록해 놓은 책이 《원행을묘정리의궤》이고, 이 기록과 함께 그림으로도 행사 장면을 남긴 것이 바로 반차도이다.

《정조대왕 화성행행 반차도》는 접었을 때는 보통 크기의 책이지만 좌우로 펼치면 장대한 행렬이 한눈에 들어오도록 총길이 약 12.5m에 모두 64쪽의 그림이 마치 아코디언처럼 펼쳐진다. 각 페이지에는 우리말은 물론 영역英譯된 내용까지 수록되어 있어 외국인들에게 우리 전통 문화를 소개하는 좋은 수단이 되고 있다. 원래 흑백 판각화인 것을 서울대 한영우 교수가 여러 자료들을 참고해 직접 채색했다.

반차도는 단원 김홍도의 지휘 아래 김득신, 이인문, 장한종 등 당대 일류 화원들이 제작했다고 한다. 등장하는 인물만 1,779명에 이를 정도로 장대한 그림인 데다 인물 하나하나가 위풍당당하면서도 익살스럽게 묘사돼 18세기 풍속화의 전형을 보여 주고 있다는 평가를 받는다.

이 책은 고급 한지를 본문 용지로 쓰고 구수하고 소박한 맛을 지닌 하드커버 표지를 사용하는 등 북디자인의 구성 요소들이 서로의 품격을 보태 탁월한 완성도를 이루게 했다. 책을 병풍처럼 만들어야 하는 제본 작업의 특성상 서울 인사동의 표구상에서 수작업으로 하루 30부씩 생산했다고 한다.

그런데 과연 이 책으로 돈을 벌었을까, 아니면 손실을 입었을까? 아니, 애초부터 돈 따위는 염두에 두지 않았던 건 아닐까? 온갖 세속적인 생각이 떠오르는 것은 우리의 어쩔 수 없는 속물근성 때문일 것이다.

이 책의 가격은 6만 원이었다(지금은 5천원 올랐다). 책 한 권 값이 이 정도라니 입이 딱 하고 벌어진다. 하지만 책을 한 권 한 권 만들어 내는 데 들어가는 품을 생각한다면 돈을 더 주어야 할 것 같다. 테이블 북이기도 한 이 책은 소장의 가치를 더하면서 어느 정도 인기를 끌었지만 외국인에게 특히 더 잘 팔렸다. 2000년 7월 30일 초판 1쇄를 냈는데 지금까지 6500권이 나갔다. '6500권이 뭐 대단한 거라고……' 할지 모르지만 값을 따지고 본다면 실로 대단한 것이다. 《정조대왕 화성행행 반차도》는 한지로 만든 지도 등의 문화 상품 개발로 이어져 우리 역사와 문화를 알리고 효형출판의 자부심을 충만케 하는 데 큰 역할을 했다.

나비장책

나비장이란 조선 후기 규방에서 사용한 2층장 또는 3층장의 한 종류로 앞바탕과 경첩에 나비 장식을 한 데서 생긴 명칭이다. 나비 장식은 나전칠기장이나 화각장 등에도 부착하는데, 특히 나뭇결이 아름나운 나무로 짠 장에 부착될 때 나비장이라 부른다.

나비장책이란 이름은 직원 공모를 통해서 탄생했는데, 재목의 이음새에 끼워 넣는 연결 고리를 이르는 말이기도 하다. 나비장책 브랜드의 탄생은 효형이 인문, 예술, 과학을 넘어 '예술과 실용의 통로'라는 또 하나의 출발점에 섰음을 의미한다.

《나의 핫드링크 노트》는 세계 각국의 차 문화를 담은 책이다. 다양한 차들에 대한 레시피뿐 아니라 그와 관련한 훈훈한 에피소드까지 첨가해 마치 색다른 차를 마시는 듯한 기분이 든다. 이 책을 읽는 독자들은 자신만의 핫드링크 노트를 꾸며 볼 수 있는 팁도 얻게 될 것이다.

카푸친회의 수도승이 모자를 쓴 모습과 닮았다는 데에서 이름이 유래한 우유 거품을 얹은 커피 카푸치노, 왕가를 동경하며 혁명기에 불꽃같은 삶을 살다 간 나폴레옹의 인생을 빼닮은 카페 루아얄, 환자들이 너무 진한 커피를 마시지 않게 하려는 한 의사의 배려에서 생겨난 카페오레, 방 안에 놓고 끓여 집 안에 온기가 돌게 하고 가족의 화목도 깊어지게 하는 러시아의 그루지야 티, 향신료의 향이 풍부한 커피로 여행자를 대접하는 아랍 지역 관습의 상징인 아라비안 커피, 커피와 홍차를 섞어 음양사상을 한 잔에 구현한 원영 티, 카페 모카의 뿌리가

나비장책의 이름을 달고 나오는 책들

된 멕시코의 전통 음료 모카 칼리엔테 자바네사 등 동서양의 차들이 아름다운 사진, 귀여운 일러스트와 어우러져 있다. 《나의 핫드링크 노트》를 읽고 있으면 따뜻한 차 한 잔의 온기가 마음까지 전해지는 듯하다.

나비장책이 낸 책들 중 가장 좋은 반응을 얻고 있는 《거장의 노트를 훔치다》는 오늘날 가장 중요한 영화감독 21인의 인터뷰를 담은 책이다. 감독들은 책 속에서 자신들의 작업 방식과 영화에 대한 생각을 생동감 있게 들려 준다. 책 한 장 한 장마다 감독들의 각기 다른 개성이 넘쳐 나고 그들의 인간적인 면모까지 엿보인다. 또한 영화라는 예술 혹은 산업에 종사하는 사람들의 고민을 통해 예술과 비즈니스 사이에서 갈등하는 관리자, 숙명적인 창작의 고뇌를 지니고 있는 크리에이터, 문화 마인드를 가진 리더에게 큰 도움이 되고 있다. 물론 영화를 즐기는 일반인들에게도 커다란 재미와 유익한 정보를 제공한다.

이 밖에도 《오늘의 행복 레시피》, 《건축의 거인들, 초대받다》 등의 책들이 나비장책의 이름을 달고 효형출판과는 또 다른 방식으로 독자들과 소통하고 있다.

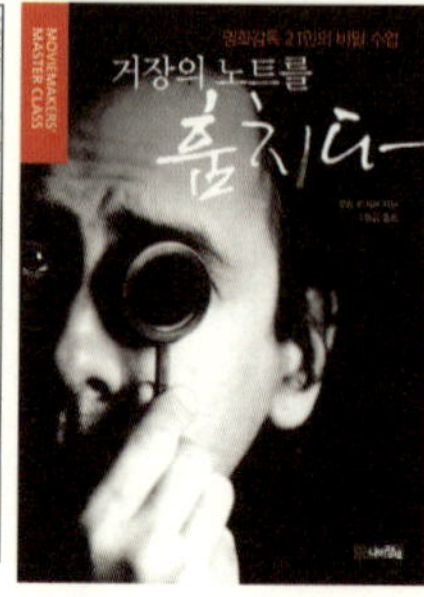

효형출판은 과연 어떤 책을 내는가?

효형출판에서 나오는 책들은 화려하고 떠들썩한 광고와는 거리가 멀다. 하지만 효형출판의 책에서는 그들만의 자부심과 일관된 소신이 느껴진다. 돈과 유명세로는 얻을 수 없는, 지향과 원칙이 뚜렷한 이들만이 가지고 있는 것 말이다.

"무엇인가를 벗어나지 않아야겠다는 근거가 있다면 그것을 지켜서 책을 만들고, 되도록이면 보편적 사고를 가지려고 해요. 나는 경쟁하는 것이 싫어요. 그래서 다른 출판사에 경쟁의식 같은 거 없어요. 단, 각기 만들고 싶은 책을 만들되 모두 열심히 잘 만들자는 것이지요. 남에게는 부드럽되 나 자신에게는 철저하자는 것이 제 원칙입니다."

"여러분도 상상력이 고갈되지 않도록 계속 꿈을 꾸세요. 꿈이 없는 삶은 죽음이에요."

효형출판을 나선 뒤에도 귓가에 오래도록 머무는 송영만 사장의 당부다. 우리는 얼마나 꿈을 꾸면서 살고 있을까? 꿈을 이루기 위해 어떤 삶을 살고 있을까?

173

모든 아이들이
마음껏 읽을 수 있는 세상을 위해

Morningreading

(사)행복한 아침독서

(사)행복한아침독서의 최종 목표는 아이들의 책 읽는 권리를 제한하는 것들을 없애는 것이다. 돈이 없어서, 도서관이 없어서, 시간이 없어서 등 여러 가지 이유로 책을 읽지 못하는 어린이들이 읽고 싶은 책을 마음껏 읽을 수 있는 세상을 만드는 것이다.

모두 읽어요 날마다 읽어요 좋
아하는 책을 읽어요 그냥 읽기
만 해요~ ♫

(사)행복한아침독서 홈페이지를 열면
경쾌한 로고송이 흘러나온다. "그냥 읽
기만 해요"에 밑줄 쫙~
사람들은 대부분 무언가 필요한 것을 얻
을 수 있지 않을까 하는 기대를 하며 책
을 찾는다. 당장이 아니라도 훗날 어떤
식으로든 도움이 되겠지 하는 마음 정도
는 기본. 부모가 된 후 자식에게 줄 책을
고를 때는 더하다. 어떤 게 논술에 도움
이 될까, 내신 공부 하는 데 보탬이 될까
하는 고민이 앞서는 법이니까. 이런 현
상이 점점 심해지는 가운데, 순수하게
그저 '읽기만 하자'에 중점을 두고 있는
것이 바로 아침독서운동의 취지이자 기
본 정신이다. (사)행복한아침독서는 어
린이와 청소년 독서운동에 필요한 일들
을 연구하고 실천하기 위해 설립된 공익
적 성격의 비영리법인이다.

(사)행복한아침독서의 역사는 2004년 3월에 문을 연 '어린이
도서관연구소'라는 개인 연구소에서 시작되었다. 연구소는
아침독서운동을 진행하면서 비영리 시민단체인 (사)행복한아
침독서로 발전했다. 2005년에는 출판사가 모여 있는 파주출
판도시로 사무실을 옮겼고, 지금은 서해문집 출판사 건물 한
층을 빌려 쓰고 있다. 겉모양은 여느 출판사와 별반 다를 게 없
다. 사무실 벽면을 빼곡히 둘러싼 책장들과 그 안을 가득 채운
책들, 컴퓨터 모니터 앞에서 부지런히 무언가를 정리하는 사
람들……. 하나 눈에 띄는 게 있다면 책장 앞에 줄지어 서 있
는, 책이 가득 담긴 상자 징도릴까.

"우리가 만든 책이 아니라 다른 출판사에서 보내온 책들입니
다. 전국 학교에 학급문고 보내는 운동도 하고 있거든요."

하지혜 편집장의 설명을 듣고서야 아하, 한다. 독서운동과

(사)행복한 아침독서의 입구.

학급문고 지원이라……. 누가 봐도 참 잘 어울리는 궁합 아닌가. 더불어 매달 발행되는 독서신문까지, '독서운동'과 관련된 아주 많은 일들이 이곳에서 이루어지고 있다. 그리고 그 중심에는 이 모든 일들을 벌인 한상수 이사장이 있다.

"책을 좋아하는 아이와 싫어하는 아이가 있는 것이 아니라, 책을 많이 접해 본 아이와 그렇지 않은 아이가 있을 뿐입니다."

단단한 체구, 입가에 번진 엷은 미소처럼 그의 인상은 다소 인색하고 단단해 보인다. 그리고 그 인상만큼 다부지고 확고한 철학을 가지고 있는 듯했다. 가난한 어린 시절, 그는 책을 읽고 싶어도 읽을 수가 없었다. 서점에서 책을 살 형편도 안 됐고, 근처에 도서관도 없었다. 시절이 시절인지라 학교 도서관마저 열악한 상황이었다.

처음 대학 도서관에 들어갔을 때, 그 벅찬 감동은 지금도 잊을 수가 없다. 세상에 그렇게 책이 많을 거라고는 상상도 하지

지금까지 발행된
아침독서신문을 모아 놓은 것.

전국 각 학교에 보낼 책들.

못했다. 이제 원하는 책을 마음놓고 읽을 수 있게 되었다.

"출판에 관심이 많아 대학을 졸업하고부터 줄곧 책과 관련된 일을 해왔습니다. 그러면서 서서히 도서관과 독서운동에 관심을 갖게 되었죠. 지금 생각해 봐도 이 두 가지가 저한테 딱 맞는 일인 것 같습니다."

역사를 전공한 한 이사장은 대학을 졸업한 뒤 컴퓨터 잡지사에서 사회생활을 시작하며 책과 인연을 맺었다. 《맥마당》이라는, 매킨토시 컴퓨터 잡지사의 취재기자로 일했는데, 새로 창간하는 잡지라 일도 많았지만 많은 것을 배운 소중한 시간이었다. 당시는 우리나라 전자출판의 초창기라서 책을 만들 때 수작업과 전자출판을 병행하던 시기였다. 사람들이 대부분 IBM 호환 PC를 사용하던 시절, 매킨토시라는 컴퓨터가 가진 가능성을 주목하며 과감하게 첫 직장을 택한 것은 그의 과감한 면모를 보여 주는 일이다.

잡지 창간의 경험은 나중에 《아침독서신문》을 만드는 데 큰 도움이 되었고, 매킨토시 컴퓨터와의 인연은 지금도 계속되고 있으니 그의 첫 선택은 좋은 선택이었다고 말해도 될 듯싶다. 잡지사를 그만둔 뒤에는 편집 대행사에서 다른 출판사 책을 만들어 주는 일을 했다. 그러다 자신의 책을 만들고 싶은 생각이 들어 인문서를 주로 출간하는 동방미디어에서 편집자로 일하며 편집 일을 본격적으로 배웠다.

179

한상수 이사장이 처음 독서운동에 발을 딛게 된 것은 어린이 도서관을 만들면서부터다. 어린 시절 도서관이 없어 많은 책을 보지 못한 게 한이었던 한 씨는 결혼 후 낳은 아이에게는 좋은 책을 많이 만나게 해주고 싶었다. 지금은 고등학생이 된 큰 아이의 어린 시절, 동네 서점에서 어린이책을 한 권씩 사서 매일 저녁 읽어 주었다. 술을 거의 하지 않는 편이라 퇴근하면 집으로 쪼르르 달려와 아이와 책을 읽었다.

아이와 책을 보면서 어린이책이 주는 매력에 흠뻑 빠지게 되었다. 몇 년 동안 아이에게 책을 읽어 주면서 문득 이렇게 좋은 책을 우리 아이만이 아니라 다른 아이들에게도 만나게 해주면 좋겠다는 생각을 갖게 되었다. 이때 마침 한 이사장이 다니던 작은 교회에서 지역 주민들을 위한 사업을 찾고 있었다. 교회에 어린이 도서관을 열자는 제안을 했고, 1999년 3월에 작지만 큰 꿈을 가진 동녘 어린이 도서관이 첫발을 디뎠다.

우연히 시작한 어린이 도서관 일은 힘들었지만 보람 있고 재미있었다. 당시 한 이사장이 다니던 회사가 주5일 근무제를 시행 중이었기에 주중에는 회사 일을 하고 토요일에는 도서관을 지켰다. 일주일에 하루만 여는 도서관이었지만 주변에 변변한 도서관이 없던 터라 많은 사람들이 이용했다.

동녘 어린이 도서관 일을 하면서 어린이 도서관에 재미를 붙였고, 2002년에는 일산에서 가장 번화한 학원가에 사무실을 분양받아 도서관을 하나 더 열게 되었다. 새 도서관 이름은 '푸른꿈'이었다.

"삭막한 학원가에 아이들이 잠시라도 들러 편안하게 쉴 수 있는 오아시스 같은 도서관을 만들고 싶었어요. 돈이 없어 집을 담보로 대출을 받아 시작했는데 많은 아이들에게 사랑받는 공간이 되어 큰 보람을 느꼈어요."

푸른꿈 도서관은 그간의 경험이 있었기에 진일제 유급 사서를 두고 운영했고, 지역 주민들의 큰 호응을 받았다. 월급의 상당 부분이 도서관에 들어갔지만 즐거운 마음으로 도서관을 운영했다.

마흔, 독립을 꿈꾸다

"마흔이 되면, 내가 정말로 하고 싶은 일
을 시작하고 싶었어요."

한상수 이사장이 처음부터 어린이 도서
관이나 독서운동으로 독립하고 싶었던 것
은 아니다. 40대를 앞두고 여느 수많은 출
판인들처럼 고민을 시작했다. 40대 출판
인의 불안정한 위치, 새로운 비전과 독립
에 대한 열망 사이에서 갈팡질팡하면서 새
길을 모색했다. 애초에 그는 어린이책 출
판에 관심이 많았지만 유행처럼 번져 이미
포화 상태에 이른 지 한참이었다. 굳이 자
신까지 그 치열한 경쟁 속으로 뛰어들 필

(사)행복한아침독서의 산파 한상수 이사장. 그는 모든 아이들이 책 읽는 권리를 마음껏 누리는 세상을 꿈꾼다.

요가 없다고 생각했다. 되도록 남들이 하지 않는 일 중에서 출
판과 관련된 의미 있는 일을 찾고 싶었다.

"출판을 하지 않으면 내가 하고 싶은 일이 무엇일까 고민했어
요. 바로 독서운동이었죠. 주위에 출판을 이해하는 독서운동가
가 없었습니다. 독서운동은 독서운동가가 따로 하고, 출판은
출판인들이 하고, 서로의 접점이 없는 상황이었어요."

그는 어린이 도서관을 운영하며 도서관 운영에 관한 연구를
하는 동시에 독자와 출판인 사이의 접점을 찾아가는 독서운동

의 지평을 열고 싶었다.

"일을 벌이면서 가장 걱정스러운 것은 가족이었습니다. 저 스스로는 조금 벌어서 조금 쓰면 된다, 정 안되면 신문이나 우유를 돌려도 된다고 생각했지만 아내도 동의할지에 대해선 확신이 없었어요."

염려와 달리 아내는 선뜻 그의 편이 되어 주었다. 겉으로야 '선뜻'으로 보였지만 왜 고민이 없었을까. 훗날 그는 아내에세서 "당신은 하고 싶은 일 못 하면 병이 나는 사람이잖아요. 두고두고 후회할 걸 아니까 말리지 않았어요. 말리는 사람이 되고 싶지도 않았고요"라는 고백을 들었단다.

오랜 고민 끝에 직장에 사표를 내고 일산에 작은 오피스텔을 얻어 '어린이도서관연구소' 라는 개인 연구소를 시작했다.

한상수 이사장이 푸른꿈 도서관을 운영하던 시절.

이때가 2004년 3월이다. 기적의 도서관 건립이 이어지면서 어린이 도서관에 대한 사회적 관심이 뜨거워지는 상황이었고, 어린이 도서관이 도처에서 많이 생겨나는 시점이었지만 정작 어린이 도서관에서 이루어져야 할 서비스에 대한 고민이나 경험이 축적되지 않은 상황이었다. 심지어 어린이 도서관 사서들이 볼 만한 참고 도서가 한 권도 없었다.

"하드웨어는 바람이 불어 많이 만들어지고 있었지만 정작 그 안에 어떤 내용을 채울 것인가에 대해서는 고민이 부족했던 상황이었어요."

어린이 도서관에서 이루어져야 할 서비스에 대한 연구를 하고, 시간 나는 대로 외국에서 나온 어린이 도서관 서비스 관련 도서들을 살펴보았다. 그해 8월 어린이 도서관 운영자와 사서들을 대상으로 '어린이 도서관 학교'를 개최했고, 강의 내용을 책으로 출간했다. 이렇게 나온 《어린이 도서관 길잡이》는 우리나라에서 처음으로 나온 어린이 도서관 관련 단행본이었다. 1,500부를 찍었는데 전문서임에도 수요가 많아 대부분 판매되었다. 책 출간은 연구소가 알려지고 자리를 잡는 데 큰 도움이 되었다.

아침독서운동과의 만남은 우연찮은 기회를 통해 이루어졌다.

"2000년 KBS 〈TV, 책을 말하다〉라는 프로그램에서 세계의 독서운동이 소개되었는데 거기서 아침독서운동 이야기가 5분 정도 얼핏 나왔어요. 그 뒤에 출판 잡지인 《출판저널》에 실린 일본 아침독서운동 소개 기사를 보고 바로 이거다 싶었죠."

2002년 한 이사장은 가족과 함께 간 일본 여행에서 관광 일정은 제쳐 두고 일본의 아침독서운동 관련 자료들을 수집했다. 관련 도서를 10권 정도 사왔는데, 읽으며 무릎을 쳤다. 무엇보다 쉽고 현실적인 방법이라 우리나라에서도 충분히 가능하겠다 싶었다.

연구소 운영이 어느 정도 기반이 잡히자 슬슬 일본에서 가져온 아침독서운동 관련 도서들을 검토했다.

"일본의 아침독서운동이 교사 중심의 활동이라 처음부터 할 생각을 못했어요. 사실 '선생님들이 하겠지' '해주면 좋겠다'는 생각으로 관심을 가졌었죠. 그런데 3년이 지나도록 그런 걸 시도하는 선생님들이 없더라구요."

출판하는 사람은 책으로 말하는 법. 한 이사장은 먼저 아침독서운동과 관련된 책을 발간해 사람들에게 정보를 줘야겠다고 생각했다. 아침독서운동에 대해 들어 본 사람도 피상적으로 알 뿐 구체적인 방법이나 사례는 모르는 경우가 대부분이었기 때문이다. 인터넷을 뒤져 일본 아침독서운동 사례집 중에서 잘 나온 것을 찾아내 2005년 2월 《아침독서 10분이 기적을 만든다》를 번역, 출간했다.

책 발간 만으로는 2% 부족하다 싶어 독서운동을 하면서 알게 된 사람들과 함께 아침독서운동추진본부를 결성했다. 어린이 도서관과는 성격이 많이 다르기 때문에 어린이도서관연구소 산하 기구로 두고 별도로 운영했다. 아침독서운동추진본부에서 가장 먼저 한 일은 독서신문 창간이다.

"이때는 광고도 없었는데 굉장히 반응이 좋아 창간호를 7만 부나 찍었어요. 여러 언론 매체에 크게 보도가 될 정도였고, 이를 통해 많은 사람들이 관심을 갖게 되었죠."

대구 교육청이 아침독서운동을 함께 추진하자는 제안을 해오는 등 확산 속도가 빨랐다. 독서신문 창간과 함께 이미 출간된 도서 《아침독서 10분이 기적을 만든다》 판매도 늘었다. 손해를 보지 않을까 걱정했던 책이 2만 부 가까이 팔렸다.

이후 아침독서운동의 행보는 잰걸음으로도 부족해 뛰다시피 나아갔다. 2005년 3월 대구 교육청 관내 전 학교 교장·독서교육 담당 교사 대상 강연회 진행, 2006년 2월 아침독서운동 한국 사례집 발간, 2006년 3~6월 네이버와 공동으로 학급문고 보내기 행사 진행, 2006년 6월 (사)대한출판문화협회·국민일보와 아침독서운동 추진 협약식 체결, 2007년 4월 25일

사단법인 행복한아침독서 창립총회를 열기까지 옆도, 뒤도 돌아볼 틈 없이 앞만 보고 달려야 했다.

그림 속 아이들처럼 세상 모든 아이들이 즐겁게 책을 읽을 수 있을 때까지 (사)행복한 아침독서는 달리고 또 달린다.

아침독서운동은 학교에서 수업을 시작하기 전, 아침자습시간에 학생과 교사가 함께 책을 읽자고 하는 운동이다. 이런저런 일로 차분하게 책 읽을 시간이 없는 학생들에게 최소한 하루에 10분이라도 책과 만날 수 있는 시간을 마련해 주자는 것이 아침독서운동의 주장이다. 아침자습 시간은 어느 학교에나 있지만 많은 경우 무의미하고 비효율적으로 운영되고 있어 허투루 보내는 시간이기도 하다. 이 시간에 책을 읽혔더니 놀라울 정도로 좋은 성과가 많이 나와 주목을 받았다.

일본에서는 1988년에 처음 시작했는데 일본아침독서추진협의회가 2007년 2월에 발표한 조사 결과를 보면 일본 전체 학교의 약 63%에 달하는 24,130개 학교에서 아침독서운동을 진행하고 있는 것으로 나타났다. 우리나라에서도 2005년에 본격적으로 시작해 학교 현장에서 신선한 바람을 일으키면서 전국 학교에 책 읽는 문화를 만들어 가고 있다. 특히 대구시의 경우 대구 교육청에서 적극적으로 관내 학교에 아침독서운동을 권장하면서 현재 대부분의 학교에서 실시하고 있다. 지난 2007년 1월 21일에 발표된 '2006년 대구 학생독서실태 조사 보고서'를 보면 놀랍게도 대구시 학생들의 독서량이 전국 평균의 1.4~2.2배에 달했다. 특히 초등학생의 경우에는 1인당 연평균 독서량이 전국 평균(48권)의 2배가 넘는 104권으로 집계되어 큰 반향을 불러일으켰다. 현재 충남, 광주, 인천 교육청 등에서도 아침독서운동을 적극적으로 추진하고 있어 좀 더 많은 학교에서 책 읽는 문화가 만들어지리라 기대된다.

아침독서운동에는 "모두 읽어요, 날마다 읽어요, 좋아하는 책을 읽어요, 그냥 읽기만 해요"라는 네 가지 중요한 원칙이 있다. 누구나 쉽게 따라할 수 있는 이 원칙들만 제대로 지킨다면 아침독서운동은 소기의 목적을 이룰 수 있을 것이다.

(사)행복한아침독서는 출판사가 아니다. 그렇다고 신문사도 아니다. 하지만 지금까지 여섯 권의 책을 출간했고, 네 가지 신문을 발행하고 있다.

매년 한 권씩 나온 여섯 권의 책이 모두 (사)행복한아침독서라는 이름으로 된 것은 아니다.

2004년 가장 처음 만든 《어린이도서관 길잡이》는 어린이도서관연구소에서 발행했다. '어린이 도서관 설립에서 운영까지'라는 부제에서 알 수 있듯, 한 이사장이 푸른꿈 어린이 도서관을 운영하면서 쌓은 노하우로 도서관 설립과 운영 매뉴얼을 정리한 것이다. 당연히 그런 책이 이미 나와 있으려니 예상했는데, 만들어 놓고 보니 어린이 도서관을 다룬 첫 단행본이었다. 마침 어린이 도서관을 건립하려는 사람이 제법 있던 때라 책을 찾는 사람들이 꽤 많았다. 컨설팅을 위해 불려 가는 일도 종종 생겼다.

두 번째 책은 2005년 아침독서추진본부를 결성하기 직전에 낸 《아침독서 10분이 기적을 만든다》이다. 일본의 아침독서운동 사례집을 한 이사장이 번역해 청어람미디어에서 출간한 것이다. 부제는 '초등학생을 위한 책읽기 실천 매뉴얼'. 언론의 집중 조명을 받으면서 본격적인 아침독서운동 활성화에 큰 힘을 실어 준 의미 있는 책이다.

세 번째, 네 번째 책이 된 《대한민국 희망 1교시 아침독서 10분》 초등편·중고등편은 2006년 2월 세상에 나왔다. 1년간 전국 각지의 학교 현장에서 아침독서운동을 해오면서 경험한 중요한 사례들을 골라 정리한 사례집이다. 이때도 많은 언론들이 앞다투어 아침독서운동을 조명했고, 이를 통해 아침독서운동이 더욱 확산되었다.

"일본 사례집을 번역하면서 '우리도 할 수 있을 거야' 다짐하듯 희망을 되새겼는데, 1년 만에 우리나라 사례집을 만들게 되니 그렇게 행복할 수가 없었습니다."

2007년이 되어 드디어 (사)행복한아침독서의 이름을 건 첫 책이자 다섯 번째 책을 발간한다. 엮음, 발행 모두 (사)행복한아침독서로 되어 있는 《책이 좋은 아이들》은 '초등학교 독서교육 길잡이'라는 부제를 달고 있다. 아침독서운동을 기본으로, 일선 교사들의 남다른 여러 가지 독서교육 방법을 함께 담았다.

2008년에는 아침독서운동 4년의 현장 보고서인 《선생님, 우리도 아침독서해요!》를 냈다. 모든 채비가 갖춰진 (사)행복한아침독서는 별 이변이 없는 한 앞으로도 매년 한 권씩은 독서교육, 독서운동 관련 책을 낼 예정이다. 한상수 이사장은 "독서운동이 이 세상의 주류가 되지는 못하겠지만 참으로 의미 있는 일"이라며 "체력이 닿는 한 남은 인생을 이 일에 매진하고 싶다"고 이야기한다.

(사)행복한아침독서의 또 다른 주요 업무인 신문 발행은 1년에 한 권 정도 내는 단행본 출간과 달리 1년 내내 지속적으로 진행되고 있는 중요한 일이다. 2005년 아침독서추진본부를

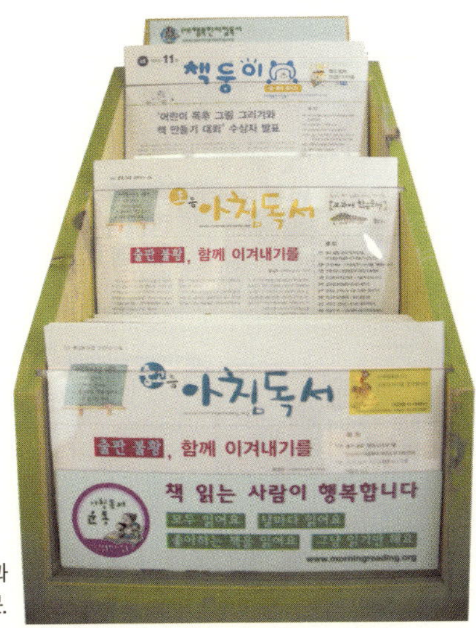

(사)행복한 아침독서가 낸 여섯 권의 단행본과
현재 발행 중인 네 가지 신문.

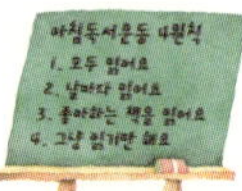

'희망의 책 나눔' 운동
– 책이 필요한 아이들에게 꿈이 담긴 책을 보내요

(사)행복한아침독서는 2009년 책이 필요한 아이들에게 책을 보내는 '희망의 책 나눔'(이하 책나눔) 운동을 진행한다.

우리 사회의 심각한 문제점이라 할 수 있는 빈곤의 대물림 현상은 가정의 경제적·지역적 환경에 따른 교육 기회의 불평등으로 인해 더욱 심화되고 있다. 어린이책 출판이 비약적으로 발전하기는 했지만 가정 형편 때문에 책읽기의 행복을 온전히 누리지 못하는 아이들 또한 많다.

이러한 현실을 조금이라도 개선하기 위해 올해 새롭게 시작하는 사업이 책나눔 운동이다. 책나눔은 독서환경이 열악한 저소득층이나 농·산·어촌, 도서 벽지 아이들에게 책을 지원하는 독서운동이다. 이 아이들은 자신의 독서 수준에 맞는 '자기만의 책'을 충분히 갖고 있지 못하다.

미국에서 진행되는 '퍼스트 북' 자료에 따르면 저소득층 가정의 60%가 집에 아이들 연령에 맞는 책이 거의 없으며, 보유도서는 아이 300명당 책 1권 정도에 지나지 않는다. 우리나라의 사정도 이와 비슷하리라 생각한다. 책나눔은 취약 계층 아이들이 책을 가까이 해 삶에 자신을 갖고, 미래에 대한 꿈을 새롭게 꿀 수 있는 계기를 만들어 줄 것이다.

지원 대상 학생은 전국의 유치원, 초등학교, 중학교 교사들과 지역아동센터 교사들의 추천을 받아 선정하며, 선정된 학생에게는 최소 1년간 매월 1권 이상의 새 책을 보내줄 계획이다. 반응이 좋으면 고등학교를 졸업할 때까지 보내줄 계획도 갖고 있다.

책나눔 운동은 적지 않은 예산이 필요한 사업이지만 아직 후원 기업을 찾지 못해 어려움이 많다. 정부나 기업의 예산 지원이 확보되지 않았지만 일단 가능한 수준이라도 시작할 계획이다.

현재 가장 크게 기대하는 것은 책나눔 운동의 취지에 공감해 책과 함께 미래에 대한 꿈까지 보내려는 개인들의 후원이다. 월 1만 원이면 한 아이에게 희망이 될 책을 후원할 수 있으며, 후원자가 원할 경우 지원 대상 아이와 자매결연을 맺는 것도 가능하다. 독자들의 적극적인 참여와 관심을 기대한다.

한상수 _ 행복한아침독서 이사장

책이 필요한 아이들을 추천해주세요

- ● 추천자 : 유치원, 초등학교, 중학교, 지역아동센터 교사
- ● 추천 대상 : 책에 대한 열망이 높으나 가정 사정으로 인해 어려움을 겪는 학생
- ● 신청 서류 : 신청서(소정 양식)
- ● 신청 메일 : 10minreading@hanmail.net
- ● 지원 내용 : 1년간 월 1권 이상의 새 책 무료 증정
- ● 신청 기간 : 2009년 4월 1~30일
- ● 발표 : 5월중 개별 통지

행복한아침독서

행복한아침독서는 어린이와 청소년 독서운동에 필요한 일들을 연구하고 실천하기 위해 설립된 공익적 성격의 비영리 법인입니다. 법인의 취지에 공감하는 분들의 많은 관심과 참여를 바랍니다.

구독 및 배포 안내

초등, 중고등 「아침독서신문」은 전국의 모든 초·중·고교, 공공도서관, 민간도서관에 무료로 발송됩니다. 정기 구독을 원할 경우 누리집(www.morningreading.org)의 '구독신청하기'에서 신청하세요.

● 연간 구독료(연10회 발간, 1월·8월 휴간)
 개인 : 10,000원(초등, 중고등 동시 구독 20,000원)
 학교 : 300,000원(교사 수량령 발송, 30부 미만은 1부당 10,000원)
입금 : 기업은행 496-002290-04-055
 (사단법인행복한아침독서)

지면 축소 안내

국내의 경제 위기로 인한 출판 불황으로 「책동이」와 「아침독서신문」도 어려움을 겪고 있습니다. 이에 행복한아침독서는 상황이 좋아질 때까지 한시적으로 매체의 지면을 축소하기로 하였습니다. 2009년 4월호부터 「책동이」와 「중고등 아침독서신문」의 지면을 현행 16면에서 12면으로 축소 발간합니다. 「초등 아침독서신문」은 16면 그대로 발간합니다. 독자 여러분의 너그러운 이해를 부탁드립니다.

값 1,000원
ISSN 1975-9487

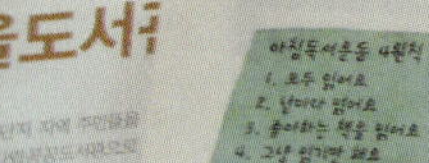

책을도서관

'희망의 책 나눔' 운동에 힘을 모아요

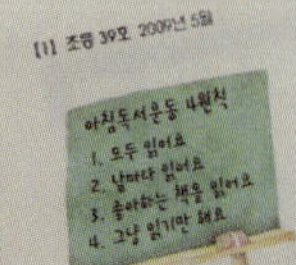

'타(他)문화'가 아니라 다양하고 아름다운 '다(多)문화'
다문화 시대를 여는 첫 어린이책!

결성하자마자 맨 처음 한 일이 아침독서신문 창간이었다. 2005년 3월 21일 창간한 《아침독서신문》은 2009년 6월 현재 40호를 발간했다.

아침독서신문은 초등과 중고등학교용을 따로 내며, 각각 2만 부씩 찍는다. 전국 초중고등학교와 공공 도서관, 민간 도서관에 무료로 발송하고 개인이나 학교는 정기구독할 수 있다. 지난해(2008년) 8월에는 영유아를 위한 독서신문인 《책둥이》도 발간했다. 여기 하나 더 보태 새로운 신문을 창간했는데 이름은 '책마을신문'이다. 2008년 12월, 종이 한 장 앞뒷면에 2쪽 짜리로 찍은 아직은 초라하기 이를 데 없는 신문이다. 이 신문은 책마을 도서관 홍보용 신문이다.

책마을 도서관

지난 2008년 12월 19일 문을 연 책마을 도서관은 (사)행복한 아침독서의 야심찬 새 작품이다. 독서운동과 도서관은 뗄래야 뗄 수 없는 긴밀한 관계. 근처에 공공 도서관이 생기면서 일산 후곡마을에 있던 푸른꿈 어린이 도서관을 접을 때 그곳에 소장하고 있던 것들에 좀 더 많은 책과 자료들을 보태 (사)행복한 아침독서 사무실이 있는 서해문집 건물 지하 1층을 새롭게 도서관으로 꾸몄다.

"출판사들이 모여 있는 파주출판단지 사람들과 지역 주민들을 위한 도서관이라는 의미로 '책마을 도서관'이라 이름을 지

었어요. 앞으로 이곳을 책만 읽는 단순한 공간이 아닌 다양한 예술과 문화를 접할 수 있는 소통 공간으로 만들어 갈 예정입니다.”

책마을 도서관을 홀로 지키며 여러 가지 궁리를 하고 있는 사서의 말이다. 현재 책마을 도서관에는 15,000여 권의 장서가 비치되어 있는데, (사)행복한아침독서의 성격상 어린이와 청소년을 대상으로 하는 도서들이 가장 많은 부분을 차지한다. 도서관 내부도 어린이들이 좋아할 수 있게 꾸몄다. 초록과 분홍의 파스텔톤 책장, 키 작은 책상과 의자, 어린이들이 직접 꾸민 소품들……. 책의 분류도 다양하게 해놓았는데, ‘아기

(사)행복한아침독서

용'이라는 문구가 유난히 눈에 띈다.

　예술·문화 공간으로의 발전을 기대하며 가장 먼저 기획한 것은 도서관 개관과 함께 마련한 사진전이다. 사회 저명인사들의 책 읽는 모습을 담은 사진가 국수용의 〈책 읽는 사람, 그 행복한 얼굴〉전이 한 달 동안 새 보금자리를 빛냈다. 2월 3일부터 27일까지는 〈숲을 그리다〉라는 제목으로 세밀화 전시회를 열었다.

"전시회뿐 아니라 다양하게 문화 소통을 할 수 있도록 할 생각"이라는 한 이사장은 책마을 도서관이 다양한 역할을 해내는, 출판인들과 지역 주민의 공간으로 자리매김하기를 바라고 있다.

"서서히 출판도시 사람들의 사랑방으로 자리 잡아 가기를 바랍니다. 출판인들의 참고 자료실이 되어도 좋고, 지역 주민들이 출판사를 엿볼 수 있는 재미있는 공간이 되어도 좋겠죠."

언뜻 보면 쉬운 일처럼 보이지만, 출판계의 사정을 조금이라도 아는 사람이라면 이 꿈을 이루는 게 쉽지 않다는 것을 알고 있을 것이다. 그러나 책과 독서를 향한 열정으로 한국에서 아침독서운동을 만들어 온 (사)행복한아침독서의 꿈이기에 우리는 머지않아 책마을 도서관이 출판단지의 명물이 될 그날을 어렵지 않게 상상할 수 있다.

(사)행복한아침독서와 책마을 도서관이 세상에 태어날 수 있었던 힘은 한상수 이사장 혼자만의 것은 아니다. 사실, 그를 둘러싼 수많은 도움의 손길이 있었다.

독서 지도로 유명한 여희숙 선생과의 인연은 2005년부터 시작됐다. 여희숙 선생의 책을 본 한 이사장이 연락을 드렸고, 그 이후 선생은 아침독서신문의 홍보 대사로서 커다란 도움을 주고 있다. '학교도서관 담당교사 모임' 사무국장을 맡고 있는 이성희 선생은 아침독서신문 발행 초창기부터 함께해 주었다. 학교도서관 담당교사 모임이라는 네트워크를 통해 아침독서 운동이 체계적으로 전국 학교에 전파되는 데 큰 도움을 주었고, 다양한 사업을 함께 진행해 나가면서 소중한 성과들을 만들어 가고 있다. 현직 교사로 근무하고 있는 강윤구 선생과 김서영 선생은 생생한 현장 경험과 다양한 사례를 통해 아침독서운동의 구체적 방향을 만들어 가는 데 큰 힘을 주고 있다.

이밖에도 지면의 한계상 모두 소개하지 못한 다양한 분들의 도움이 있었다.

책을 읽는다는 기쁨

(사)행복한아침독서의 활동을 통해 아침독서운동이 어느 정도 자리를 잡았지만, 이 운동이 시작된 배경을 생각해 보면 우리 아이들이 처한 현실이 너무 안타깝다. 아침독서운동은 하루 종일 학교와 학원에 시달리고, 우리 주위에 제대로 된 도서관이 없는 현실 속에서 시작된 운동이기 때문이다. 그래서 (사)행복한아침독서의 최종 목표는 아이들의 책 읽는 권리를 제한하는 것들을 없애는 것이다. 돈이 없어서, 도서관이 없어서, 시간이 없어서 등 여러 가지 이유로 책을 읽지 못하는 어린이들이, 읽고 싶은 책을 마음 놓고 읽을 수 있는 세상을 만드는 것이다.

어린 시절 읽은 책은 인생에 커다란 영향을 끼치게 된다. 모든 어린이들이 책을 통해 넓은 세상을 만나고 많은 생각을 하고 기쁨과 즐거움에 흠뻑 빠질 수 있는 그날을 위해 오늘도 (사)행복한아침독서는 한 걸음 한 걸음 나아가고 있다.

*이 책의 마무리 작업이 한창이던 2009년 7월, (사)행복한아침독서는 새 보금자리로 이사를 했다. 새로 이사간 곳은 원래 있던 서해문집 건물에서 500m 떨어진 경기도 파주시 교하읍 문발리 파주출판도시 531-1번지 쌈지빌딩 2층이며, 같은 건물 3층은 책마을 도서관으로 이용된다고 한다.

(사)아침독서와 류선영 선생님, 영화배우 문근영 씨

(사)행복한아침독서와 류선영 선생님, 문근영 씨와의 인연은 아침독서운동 초창기부터 시작되었다. 좀 더 많은 아이들에게 책 읽는 습관을 길러 주기 위해서는 아침독서운동을 시작해야겠다는 생각이 들어 2005년 3월 일본의 사례집(《아침독서 10분이 기적을 만든다》)을 번역하고 아침독서신문을 만들면서 본격적으로 운동을 시작했다.

아침독서신문 창간호는 사례집 번역 인세와 지인들의 도움으로 찍었는데 예상보다 반응이 좋아서 카페 회원들의 후원을 받아 추가로 발행했다. 신문 2호를 찍으려니 예산이 바닥이 나서 발간비가 많이 부족했는데 여러 회원들이 제작비를 후원했다. 결산을 해보니 약 100만 원의 손실이 발생했는데 이 부족분을 문근영 씨 어머님인 류선영 선생님이 메워 주면서 인연이 시작되었다. 류선영 선생님은 아침독서운동을 보면서 가슴 설레고 반갑고 눈물 나게 고마웠다고 하시면서 계속 지켜보시겠다고 했다. 그러면서 편지에 "아침독서운동이 옛 마을의 고풍스럽고 정겨운 돌담이라면, 그 돌담이 행여 장맛비로 인하여 조그만 틈새가 생길 때 그 틈새를 딱 맞게 막아 줄 그런 돌멩이가 되고 싶습니다."라고 썼다.

류선영 선생님은 이후로도 여러 차례 후원금을 보내 주었다. 2005년에만 430만 원을 후원했는데 아침독서추진본부가 자리를 잡고 운영을 하는 데 결정적인 도움이 되었다. 그래서 2006년 2월에 아침독서운동 한국 사례집(《대한민국 희망 1교시 아침독서 10분》)을 내면서 여는 글에 실명으로 감사 인사를 썼다. 그때까지 평소 연예계에 대한 관심이 없었기 때문에 이분이 문근영 씨 어머님인 사실을 전혀 몰랐다.

"지금까지 아침독서운동을 하면서 참으로 행복했습니다. 돌이켜 보면 실로 많은 분들의 배려와 성원이 있었기에 여기까지 올 수 있었다는 생각이 듭니다. 힘든 고비마다 격려를 해주시고 틈새를 막아 주는 돌멩이가 되어 주신 광주시립도서관의 류선영 선생님께 이 자리를 빌어 깊은 감사의 인사를 드리고 싶습니다."

이 책을 보신 류 선생님께서 자신이 문근영 씨 모친임을 알려주셔서 처음 알게 되었다. 책에 소개되어 다른 경로를 통해 알게 될 것 같아 미리 말해 주신 것이다.

2006년, 사단법인 설립을 추진하면서 법인 보증금이 없어 애를 태울 때 이 소식을 들으시고는 보증금 5천만 원을 선뜻 후원하셨다. 처음에는 1억 원이 필요한 것으로 알았기에 1억 원을 보내 주셨는데 5천만 원이면 가능하다는 사실을 뒤늦게 알고 5천만 원을 다시 돌려드렸다. 그때 메일이 왔는데 당시 해남에 있는 땅끝공부방 건물을 건립하던 중이라 예산이 부족해서 적금을 해약하려던 참이었는데, 마침 잘되었다는 내용이 담겨 있었다. 이 얘기를 듣고 문근영 씨가 결코 많은 수입 중에서 작은 부분을 기부하는 것이 아니라 수입의 대부분을 기부하고 있음을 알게 되었다.

그 후로도 후원은 꾸준히 이어져 지금까지 문근영 씨가 어머님을 통해 (사)행복한아침독서에 후원한 금액이 1억 2천만 원에 이른다. 내가 아는 것만도 사회복지공동모금회에 기부한 금액이 8억 5천만 원이고, 땅끝공부방과 기적의 도서관, 호주 한인 교민 도서관에 후원한 금액은 별도이니 10억이 훨씬 넘는 기부금을 낸 것이다.

문근영 씨의 후원금이 없었다면 (사)행복한아침독서가 지금과 같은 발전을 하지는 못했을 것이다. 뒤늦은 나이에 시민운동에 뛰어들면서 우리 사회의 기부 문화가 얼마나 척박한지 뼈저리게 느끼곤 했다. 그런 현실에서 문근영 씨의 후원은 아주 예외적인 것이었고, 시민단체가 발전하는 데 커다란 역할을 했다.

(한상수 이사장이 카페에 쓴 글)

출판사는 대박을 꿈꾸는 사람들이
할 만한 사업인가?

우리나라에는 수만 개의 출판사가 있다고 한다. 그런데 그 가운데 우리가 이름을 기억하고 있는 출판사는 몇 개 되지 않는다. 왜 우리나라에는 이렇게 많은 출판사가 있고, 우리는 그 대부분의 존재조차 기억하지 못하는 것일까?

출판사 하면 떠오르는 생각 중 하나가 운만 좋으면 책 한 권으로도 재벌이 될 수 있다는 것이다. 그리고 이러한 통념이 수만 개의 출판사를 만든 것도 사실이다.

그렇다면 우리가 알고 있는 출판사에 대한 통념은 정확한 것일까? 과연 출판사는 대박을 꿈꾸는 장사치들이 할 만한 사업일까?

우리는 여러 출판사를 취재하면서 얻은 정보를 취합해 우리나라 출판사가 어떻게 운영되고 어떤 상태에 놓여 있는지를 상세히 기록했다. 이 자료는 출판사에 관심을 가지고 있거나 출판사를 하고자 하는 분들에게 유용한 정보가 될 것이다.

출판사를 만드는 방법은 너무나 쉽다. 각 지방자치단체(구청이나 시청)의 문화공보과(출판사 담당자)를 찾아 출판사 등록을 하면 된다. 출판사 등록은 사무실임대차계약서 사본과 주민등록증, 도장만 있으면 가능하다. 출판사 등록원을 써서 등록을 하면 출판사 등록증이 나오는데 이를 가지고 세무서에 가서 사업자 등록을 하면 된다.

이렇게 절차가 간단하기 때문에 우리나라에 수만 개의 출판사가 존재할 수 있는 것이다. 그러나 출판사가 너무 많다고 해서 출판사 등록을 까다롭게 하면 안 된다. 이는 언론의 자유를 침해하는 것이기 때문이다. 아주 오래전, 그러니까 박정희, 전두환 군사정권 시절에는 출판사 등록이 허가제였다. 그런 까닭에 출판사 등록증에 프리미엄이 붙어 거래되기도 했다. 호랑이 담배 피우던 시절의 이야기다.

출판사를 만드는 것은 위에서 살펴보듯 무척 간단하다. 그러나 출판사를 직접 꾸미는 것은 생각보다 훨씬 복잡하다. 이제부터 출판사 조직하는 방법에 대해 살펴보기로 하자.

1) 반드시 필요한 업무

출판사를 운영하는 데 반드시 필요한 업무는 첫째가 관리, 둘째가 영업, 셋째가 편집, 넷째가 디자인, 다섯째가 기획이라고 할 수 있다.

관리를 첫째로 든 까닭은 그만큼 중요하기 때문이다. 출판사 관리부는 서점으로부터 책을 주문받고 책을 서점에 공급하며 제작을 담당해야 하기 때문이다. 물론 제작 부서가 따로 독립된 출판사도 있지만 그것은 일정 규모 이상으로 성장한 뒤의 이야기다.

출판사에서 책을 출간하면 가장 먼저 해야 할 일이 거래 서점에 책을 공급하는 것이다. 책을 만들어도 판매를 위해 서점에 진열하지 않으면 아무 소용이 없기 때문이다. 출판사를 방문해 보면 아침에 전화, 팩스, 인터넷 등을 통해 여러 서점에서 주문이 들어오는 것을 확인할 수 있다. 이렇게 주문이 들어오면 이를 취합해 관리 프로그램에 입력하고 배본사에 보내 책이 출고되도록 해야 한다. 이 일을 담당하는 것이 관리부다. 따라서 그 어떤 일보다 중요하다고 할 수 있다. 관리가 이루어지지 않으면 출판사를 운영할 수 없다. 1인 출판사의 경우에도 피해 갈 수 없는 일이 바로 이 관리 업무다.

다음으로 영업 업무를 들 수 있다. 영업은 거래 서점을 선정한 뒤 각 서점에 자신의 출판사가 출간한 도서를 소개하고 공급한 뒤 판매된 금액을 수금하는 일을 가리킨다. 따라서 영업부가 움직이지 않으면 수금이 이루어지지 않기 때문에 출판사를 운영하기 어렵다. 1인 출판사의 경우에는 사장이 영업을 겸해야 하는데 이때는 수금도 사장이 직접 해야 한다.

편집은 말 그대로 원고를 책의 형태로 만드는 일이다. 일반적으로 출판사 하면 가장 먼저 떠오르는 업무가 편집인데, 이는 편집부가 책을 직접 만들기 때문이다. 그러나 최근에는 편집부가 하는 일의 일부, 예를 들면 교정·교열을 외부 프리랜서에게 맡기는 경우가 늘어나는 추세다. 이는 출판사의 업무가 직접 책을 만드는 일에서 다른 일로 변모하고 있음을 보여주는 사례라 할 수 있다.

과거에는 편집부에서 기획, 교정·교열, 저자 관리, 디자인 등 다양한 업무를 모두 담당했다. 그러나 최근에는 편집부에서 하는 업무가 점차 전문화되고 있다. 그런 까닭에 편집 업무 일부를 외부 프리랜서에게 맡기는 경우가 늘고 있는 것이다. 그러나 아무리 시대가 바뀐다 해도 편집부 없는 출판사는 생각하기 힘들다.

디자인은 최근 들어 중요성이 점점 커지는 업무라 할 수 있다. 과거에는 텍스트가 책의 대부분을 차지했지만 최근 들어서는 다양한 사진과 일러스트 등 그래픽 자료가 첨부되는 경향이 강하다. 텍스트라 할지라도 서체를 다양화하거나 색을 입히는 등 책을 읽기 좋게 만드는 다양한 시도가 이루어진다. 이에 따라 디자인이 책에서 차지하는 비중이 점차 높아지고 있다. 일정 규모 이상 되는 출판사의 경우에는 디자인 담당자가 필수적이다. 그러나 소규모 출판사라고 해서 주눅들 필요는 없다. 외부에서 디자인을 담당해 주는 프리랜서 디자이너도 어렵지 않게 찾을 수 있으며 전문적으로 디자인을 해주는 디자인 회사도 많기 때문이다. 이러한 디자인 전문가들은 사내 디자이너를 보유한 회사보다 뛰어난 성과를 거두는 경우가 많기 때문에 유명 출판사들도 외부 디자이너와 작업을 하고는 한다.

기획은 출판의 꽃이라 할 수 있다. 어떤 책을 어떻게 만드느냐가 기획자의 머리에서 결정되기 때문이다. 그러나 그만큼 중요하고 어려운 작업이기 때문에 기획자로서 이름을 내는 사람이 그리 흔하지 않은 것도 사실이다. 유명한 필자를 영입하는 것은 사실 기획자가 할 일이 아니다. 기획자는 무에서 유를 창조해 내는 능력을 보유한 사람이기 때문이다. 이미 검증된 작가의 작품을 출간하는 것은 오히려 편집자의 필자 관리에서 결정할 일이다. 반면에 기획자는 시대를 앞서가는 혜안과 지혜, 통찰력을 바탕으로 새로운 필자를 발굴하고 새 책을 출간해 시대를 앞서가는 역할을 한다. 이 때문에 유능한 기획자를 보유한 출판사는 그리 흔하지 않다. 새로 출발하는 소규모 출판사의 경우, 초기에는 유능한 기획자를 확보하는 것보다는 사주가 출간하고자 하는 책을 내는 것이 일반적이다.

시대의 흐름에 따라 최근에는 기획자의 역할이 점차 확대되고 있다. 따라서 새롭게 출판을 시작하려는 분이라면 기획 분야에 가장 많은 투자를 하는 것이 현명한 판단이라 하겠다.

2) 생존 전략

출판사를 시작했다면 가장 먼저 해야 할 일이 생존전략을 세우는 것이다. 우스갯소리로 이런 말이 있다.

"3년 동안 3억을 가장 멋지게 해치우는 방법은 출판사를 하는 것이다."

3억은 적은 돈이 아니다. 그런데 그 많은 돈을 고작 3년 만에 흔적도 없이 사라지게 만드는 업종이 바로 출판사란 말이다. 이 말은 결코 우스갯소리가 아니라는 게 여러 출판사 담당자들의 말이다.

책 한 권을 출간하는 데 들어가는 비용(직접비와 간접비 등을 포함해서)은 적게는 천만 원에서 많게는 3천만 원 정도라고 한다. 물론 특별히 많은 비용을 필요로 하는 책은 제외하고 말이다. 게다가 사장, 편집부 1인, 영업부 1인, 관리부 1인의 4명 정도 되는 소규모 출판사의 한 달 운영비는 최소로 잡아도 급여를 포함해서 약 천만 원 정도에 이른다.

따라서 1년에 책을 다섯 권 출간한다고 치면 1년에 들어가는 비용이 2억에 육박한다. 그러니까 3억을 가지고 시작할 경우 1년 반이면 모두 소진되는 것이다. 그렇다면 출판사가 문을 닫지 않기 위해서는 어떻게 해야 할까? 당연히 운영에 필요한 금액이 수금되어야 한다.

그런데 이 수금이 그리 쉽지 않다. 수금에 대해 이해하려면 우리나라 도서 유통 시스템을 이해해야 한다.

1. 판매 – 수금

누구나 이해하는 방식이다. 팔린 만큼 수금하는 것이니 말이다. 그러나 이러한 방식은 우리나라 도서 유통 시스템에서는 절반도 되지 않는다. 게다가 이런 방식의 수금이 일정 수준에 오르려면 출판사가 마케팅이나 관리 업무를 정상적으로 유지해야 함은 물론 출간한 도서가 꾸준한 판매로 이어져야 한다. 그렇지 않으면 이런 바람직한 방식을 통한 출판사 운영이 쉽지 않다.

일반적으로 인터넷 서점과 대형 서점의 경우 이런 방식
으로 수금이 이루어진다.

2. 위탁판매 – 수금

우리나라 도서 유통 시스템에서 가장 흔한 방식이다. 위
탁판매란 출판사에서 서점에 도서를 위탁해 놓은 뒤 판매
해 달라고 요청하는 방식이다. 따라서 출판사가 ㄱ서점에
1만 원짜리 책 100권을 출고했고 그에 따라 장부에는
100만 원의 미수금이 있다고 해도 이는 판매와는 전혀 상
관없는 숫자인 셈이다. 실제로는 100권의 책 가운데 판매
된 10권에 대해서만 수금할 수 있기 때문이다. 그것도 운
이 좋은 경우다. 운이 따라 주지 않으면 판매된 도서가 얼
마나 되는지도 잘 알 수 없을 뿐 아니라 수금을 할 때도 현
금이 아니라 어음으로 받게 된다. 어음이란 잘 아시다시피
2~3개월 후에 현금화할 수 있는 것이다.

결국 특별한 도서를 출간해서 베스트셀러가 되지 않는
한 출판사를 개업하고 5~6개월 동안에는 아무런 수익 없
이 지속적으로 비용만 지출하게 된다. 그리고 수익이 발생
하는 시점에도 출판사 장부상의 매출액 대비 10~15% 정
도만이 수금으로 이어지는 것이 현실이다. 따라서 한 달에
천만 원의 운영비를 수금액으로 충당하기 위해서는 출판
사 장부에 약 1억의 매출이 잡혀 있어야 한다. 1억이라면
정가 만 원짜리 책의 경우, 출고가가 약 6천 원이므로
17,000권 정도가 출고되어야 하는 것이다.

17,000권! 이 숫자가 얼마나 큰지는 출판사에서 근무해 본 분들은 모두 안다. 매달 한 권의 신간을 내고 그 신간이 거의 다 팔려나가야 달성할 수 있는 금액이니 말이다.

출판사를 하려는 분들이라면 위의 내용을 읽고, 신중에 신중을 거듭해야 한다는 사실을 깨달으셨을 것이다. 더 좋은 방법은 현재 출판사를 운영하는 분을 찾아가 요모조모 꼬치꼬치 묻고 도움을 받는 것이다. 출판계는 아직 공동체적 정서가 존재해 그런 분들이 있다고 해서 경쟁자로 여기기보다 미래의 동업자로 인식하기 때문에 특별히 괴팍한 사람이 아니라면 친절히 가르쳐 준다.

<table><tr><td>3
그 외에
고려해야 할 문제들</td><td>출판사를 운영하려는 분들 가운데 많은 분들이 착각하고 있는 내용이 있다.</td></tr></table>

출판사를 운영하려는 분들 가운데 많은 분들이 착각하고 있는 내용이 있다. 이러한 것들은 우리들도 출판사를 취재하고 궁금증을 속속들이 묻기 전에는 똑같이 착각 속에 빠져 있던 내용들이다. 따라서 출판사를 운영하려는 분들 외에 일반 독자 여러분도 이러한 사실을 알아 둔다면 많은 도움이 될 듯싶다.

1) 출판사는 정가만큼 수익이 생긴다?

일반인을 포함해 많은 분들(심지어 저자들조차)이 잘못 알고 있는 것이 바로 출판사의 수익 부분이다. 만 원짜리 책의 경우 출판사가 가져가는 몫은 65% 내외라고 보면 정확하다. 물론 대학 교재같이 안 살 수 없는 책의 경우에는 80% 이상이 출판사

몫으로 돌아가기도 한다. 그러나 경쟁이 치열한 《어린왕자》
(이 책은 아마 수십 개 출판사에서 출간했을 것이다)같은 책의 경
우, 출판사에 돌아가는 몫이 40%대인 경우도 있다고 한다. 그
러니 이런 책은 책으로서 유통된다기보다는 음료수처럼 덤핑
되는 상품이라고 보아야 할 것이다. 여하튼 출판사는 책 정가
의 일정 부분만을 수익으로 가져간다는 사실을 알아야 한다.
그래서 유명 저자의 경우 저자에게 돌아가는 몫이 출판사에
돌아가는 몫보다 더 큰 상황이 발생하기도 한다. 왜냐하면 저
자는 정가의 10% 내외의 인세를 받아가지만 출판사는 60%
내외의 마진에서 제작비, 인건비, 광고비, 운영비 등을 모두 지
불해야 하기 때문이다. 그럼에도 일부 필자들은 정가의 10%를
받는 자신들에 비해 출판사의 몫이 너무 크다고 불만을 토로한
다고 한다. 출판사를 취재한 뒤 우리가 얻은 결론은 출판사를
하느니 저자를 하는 것이 훨씬 낫겠다는 생각이었다.

그렇다면 서점은 어떨까? 출판사와 직접 거래하는 대형 서
점의 경우에는 대략 정가의 20%~40%를 수익으로 가져간다.
그러나 도매상을 통해 공급받는 작은 서점의 경우에는 이 비
율이 5~10% 줄어든다고 보면 될 것이다. 동네 서점이 점차
사라지는 것에는 인터넷 서점의 증가, 독서 인구의 감소 같은
요인 외에 이런 수익 구조의 문제도 있는 것이 사실이다. 따라
서 동네 서점을 살리려면 서점 경영자의 노력 외에도 사회적
구조 개선이 필요할 것이다.

여러 출판사를 취재하면서 알게 된 것인데 꽤나 유명세를 타는 저자들 가운데에도 돈 또는 출판사의 규모에 따라 이리저리 옮겨 다니는 분이 많다는 사실이다. 그분들이 대형 출판사를 찾는 까닭은 마케팅, 그러니까 광고나 홍보 등을 통해 자신의 책을 더 많이 팔 수 있기 때문이라고 한다. 그러나 오랜 기간 한 출판사를 고집하는 저자 분들이 계신 것을 보면 꼭 이렇게 이익을 좇는 모습이 당연하게 여겨지는 것도 아닌 듯하다. 그리고 그분들이 가는 출판사는 대개 정해져 있다고 해도 지나친 말이 아닐 듯싶다. 우리가 여러 필자를 조사해 본 비에 따르면 어떤 저자의 경우 10개 이상의 출판사에서 책을 내기도 했다. 이러한 현상은 기획력이 부족한 출판사에서 유명 필자의 글을 출간하려는 의욕과 더불어 그러한 출판사의 행태에 편승하는 일부 저자의 행동에서 비롯된 것으로 여겨진다.

반면에 앞서 잠깐 언급했듯이 많은 저자 분들은 자신의 저서가 주목을 받아 타 출판사에서 원고 의뢰가 들어오는 경우에도 처음 함께 작업했던 출판사를 끝까지 고집하는 모습을 보이고 있었다. 이런 분들이야말로 우리 출판계, 나아가 우리 문화계의 발전과 건강성을 확립하는 산증인이라는 생각이 든다. 모든 저자들이 이런 태도를 견지한다면 출판사들은 좋은 기획을 해서 그에 걸맞은 저자를 발굴하고 집필에 대한 지원을 아끼지 않음으로써 출판계의 저변이 확대되는 성과를 거둘 수 있을 것이다. 그러나 출판사에서 열심히 저자를 발굴, 지원해 유명 필자로 성장한 분이 다른 출판사로 옮긴다면 어떤 출판사에서 저자를 발굴, 지원하겠는가? 향후 도서를 출간하려는 분들은 이런 면을 심사숙고해야 할 듯싶다.

3) 출판사는 세우기도 쉽고 포기하기도 쉽다?

앞서 살펴본 바와 같이 출판사를 세우는 것은 무척 쉽다. 그저 한 평짜리 사무실만 있으면 된다. 그런데 막상 출판사를 세운 뒤 책을 출간하기 시작하면, 출판사를 정리하는 것이 생각보다 복잡하다는 사실을 깨달게 될 것이다. 왜냐하면 앞서도 잠깐 살펴본 바 있는 우리나라의 도서 유통 시스템 때문이다.

그럼 무엇이 출판사 정리를 어렵게 하는 것일까?

우선 위탁판매 관행 때문이다. 앞서 살펴본 바와 같이 출판사에서는 아무런 대가 없이 주요 서점에 책을 공급한다. 그런 다음 팔리는 양만큼 수금하게 된다. 따라서 출판사 장부에는 매출액이 1억이어도 수금액은 1~2천만 원 정도밖에 안 된다. 이 경우 출판사는 8~9천만 원의 가공 자산을 갖고 있게 된다. 만일 이런 상태에서 출판사를 그만하겠다고 결심한다면 장부상의 자산은 대부분 회수가 불가능해진다. 그러니까 이 장부상의 자산을 회수하기 위해서는 출판사를 계속 운영(명목상으로라도)하면서 매달 푼돈이라도 수금을 해야 하는 것이다. 안 그러면 엄청난 손실을 입고 포기하게 되는 것이다.

또 하나가 재고 도서다. 보통 신간을 찍을 때는 1000부 이상 찍는다. 그런데 그 책이 한 달 안에 다 나가는 경우는 극히 드물다. 게다가 아무리 잘 나가는 책도 늘 재고를 유지해야 한다. 잘 나가는 책일수록 재고의 양이 많아야 한다. 오늘 주문이 오

는데 재고가 없으면 공급을 하지 못하니 말이다. 그래서 출판
사 사무실은 한 평으로도 가능하지만 창고는 다섯 평에서 시
작해서 열 평, 오십 평, 백 평으로 출간하는 책의 종류가 많아
질수록 커져야 한다. 우리가 취재한 출판사들도 모두 사무실
보다 훨씬 큰 창고를 소유하거나 임대해서 사용하고 있었다.
그런데 이런 상태에서 출판사를 정리하면 이 재고 도서들은
어떻게 할 것인가? 만일 운이 좋아서 누군가가 그 출판사를 인
수한다면 좋겠지만 그렇지 않다면 이 책들은 폐지 수집상에게
넘겨야 한다. 따라서 이런 손실을 감수하면서까지 출판사를
포기하기란 쉽지 않다.

　이런 이유로 출판사는 시작은 쉽지만 정리가 어렵다. 그래서
대부분의 출판사는 정리할 때 다른 출판사에 헐값에 넘기는 것
이 일반적이라고 한다. 출판사를 꿈꾸는 분이라면 이런 사실
도 기억해야 할 것이다.

4) 책을 출간하면 우리 동네 서점에서도 내가 낸 책을 살 수 있다?
우리가 출판사를 취재하면서 깜짝 놀란 사실 하나가 책의 종
류가 많다는 것이요, 다른 하나는 그런 책을 사고 싶어도 사기
힘들다는 것이었다.

　우리나라에서 1년에 출간되는 책의 종수는 약 5만 종 이상
으로 알려져 있다. 그중에서 특수한 책을 제외하고 서점에서
판매를 목적으로 출간하는 단행본(단행본이라고 하면 참고서,
만화, 학습지, 교재 등을 제외한 순수한 교양 도서를 가리킨다고
보면 된다)은 약 1만 종 정도로 알려져 있다. 1만 종이라면 1주

일에 2백 종이다. 그런데 동네 서점에 가보면 구비해 놓은 책이 수천 권이 될까 말까 하다. 그 가운데 참고서, 잡지, 만화를 빼고 나면 얼마나 될까? 출판사에서 출간하는 수많은 책들이 10평 남짓한 동네 서점에 공급되기란 낙타가 바늘구멍을 빠져나가는 것만큼이나 어렵다. 그러다 보니 출판사 취재에 나선 우리 가운데 책 좀 읽는다는 사람도 출판사에 들어서는 순간 엄청난 양의 책에 놀라고 마는 것이다.

가는 곳마다 우리가 묻는 질문은 왜 이런 책을 동네 서점에서는 볼 수 없느냐는 것이었는데, 한결같이 돌아오는 답은 공급할 수도 없고 공급해도 팔리지 않아서 고스란히 돌아온다는 것이었다. 생각해 보니 우리도 동네 서점에 가서 전문적이거나 특별한 책을 찾은 기억이 없었다. 동네 서점에서는 아이들이 찾는 만화, 참고서, 잡지, 베스트셀러라고 소문난 책 정도만 사는 게 고작이었던 것이다. 이런 구조적 문제 때문에 책을 많이 읽는 독자들은 대부분의 책을 구비하고 있는 대형 서점이나 인터넷 서점을 찾는 것이다.

이런 문제를 해결하고 동네 서점을 활성화해서 우리 사회 전반의 문화적 기반을 확고히 다지기 위해서는 동네 서점에서도 고객이 주문하면 즉시 그 책을 공급해 주는 시스템을 갖추어야 할 것이라는 생각이 들었다.

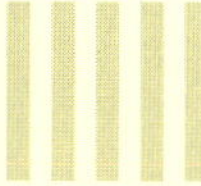

책을 좋아하면 출판사에서
일할 수 있을까?

책을 좋아하는 사람들은 출판사에 취직하거나 출판 관련 일을 해보겠다는 마음을 한 번쯤은 먹어 본 적이 있을 것이다. 출판사 취재에 나선 우리 모두도 출판사 취업을 염두에 두고 나섰다. 그래서 그 무엇보다도 출판사에 취업할 수 있는 길이 무엇인지에 대해 가장 관심을 두고 취재에 나섰다. 그 결과 다음과 같은 결론을 얻게 되었다. 다음 내용은 출판사에 취업하려는 분들에게 좋은 길잡이가 될 것이다.

1
출판사에서
원하는 인재

1) 책을 좋아하는 사람

출판사에서 원하는 인재는 무엇보다도 책을 좋아하는 사람이다. 그런데 책을 좋아하는 사람이 생각보다 적다고 한다. 이건 무슨 말일까? 자신은 책을 좋아한다고 믿는데 출판사 입장에서 보면 책을 좋아한다고 말할 수 없는 경우가 많다는 것이다. 우리는 온갖 종류의 책을 읽으면서 자신이 책을 좋아한다고 여긴다. 그러나 출판사에서 말하는 '책을 좋아하는 사람'은 다르다. 보통 사람들은 눈여겨보지 않는 책을 찾아 읽고, 자신이 좋아하는 분야의 책을 두루 섭렵하며, 주요한 출판사에서는 어떤 책을 출간하는지 알 정도는 돼야 책을 좋아하는 사람이라고 말한다.

그러니까 베스트셀러나 사회적으로 이슈가 되는 책, 자기가 좋아하는 작가의 책을 몇 권 찾아서 읽는 정도로는 책을 좋아한다고 말하기 힘들다는 것이다. 우리가 만난 편집자들은 정말 책 속에서 산다고 해도 지나친 말이 아닐 정도로 많은 책을 읽고 있었다. 물론 자신들이 만드는 책을 제외하고 말이다. 그러니까 그 사람들은 삶을 책과 함께한다고 말할 수 있을 정도였다. 그런 정도로 책을 읽지 않는다면 도서 시장의 변화와 미래 그리고 자신이 출간하는 책의 시장성 등을 판단할 수 없다는 것이다.

만일 출판사에 취업을 원한다면 적어도 한 달 이상을 공공도서관 서가에서 살아야 할 것이라고 우리는 결론지었다.

2) 글쓰기, 글읽기는 기본

편집자가 해야 할 일 가운데 가장 기본이 되는 동시에 중요한 일이 쓰기와 읽기다. 물론 이러한 능력이 하루아침에 습득되는 것은 아니다. 그래서 책을 좋아하고 늘 가까이 하는 사람이 출판사를 지망하는 이유다. 편집자는 남의 글을 읽는 것뿐 아니라 쓰는 것도 잘해야 한다. 그래서 편집자 가운데는 문학을 전공한 사람이 많다. 그러나 꼭 문학을 전공하지 않았다 해도 괜찮다. 자신의 글을 쓸 줄 알고 남의 글을 객관적으로 읽을 줄 안다면 출판사에서 일하는 데 부족함이 없다.

3) 타인에 대한 이해

이런 성향은 모든 조직에서 필요한 것이지만, 특히 출판사에서 중요시되는 품성이라 할 수 있다. 우리나라 출판사들은 대부분 규모가 작다. 규모가 큰 출판사라 해도 직원이 30~40명을 넘는 경우는 극히 일부분에 불과하다. 그러니 함께 근무하는 사람과 원활한 관계를 유지하는 것이 매우 중요하다. 직원이 수백 명이라면 몇몇 사람과 갈등이 있다 해도 별 문제가 되지 않을 수도 있다. 그 사람과 마주칠 일이 별로 없으니까. 그러나 우리나라 출판사처럼 10여 명 안팎의 사람이 모여 일하는 조직에서는 한두 사람 사이에 긴장 관계가 형성되면 회사 전체에 영향을 미친다. 그래서 출판사에서는 인간관계를 무척 중요하게 여긴다.

게다가 출판사에서는 기획-편집-디자인-마케팅-관리의 전 직원이 유기적으로 협조 체제를 이루어 업무를 진행해야 한다. 편집자가 혼자 일할 수 없다는 것이다. 편집자는 책의 시장성에 대해서는 마케팅 담당자와, 디자인에 관해서는 디자인 부서와, 제작에 관해서는 제작·관리 부서와 협의를 거쳐 책을 만들게 된다. 따라서 다른 부서의 담당자들과 원활한 협조 체제를 구축하지 않으면 좋은 책을 낼 수 없다. 그런데 사람에 따라서는 자신만의 책, 자신만의 철학을 고집하는 경우가 종종

217

있다. 그렇게 되면 책이 바람직한 형태로 출간되기 힘들다. 따라서 출판사에서 일하는 사람이라면 타인에 대한 이해와 배려를 무엇보다 중요하게 생각해야 한다. 내 의견이 옳은지 그른지를 다른 사람을 통해 확인하는 일이 중요하고 내게 부족한 부분이 있을 때 다른 사람의 도움을 받는 것이 당연한 것이다.

2. 출판사 입사 시 주의사항

출판사에서는 대부분 입사 지원자들에게 이력서와 자기소개서를 요구한다. 그런데 글을 다루는 직장이다 보니 그 어떤 곳보다 자기소개서를 중시한다. 어떤 면에서는 눈에 보이는 학력보다 눈에 보이지 않는 자기소개서 내의 글쓰기를 훨씬 중시한다고 볼 수도 있다. 그래서 출판사에 근무하는 사람들은 학력에 대해 콤플렉스를 가진 사람도 별로 없고 그걸 내세우는 사람도 찾아보기 힘들다. 그러니 무엇보다도 자기소개서가 중요하다.

또 하나는 자신이 관심을 갖는 분야를 주로 출간하는 출판사에 지원하는 것이다. 자신이 과학에 관심과 능력이 있는데 문학 전문 출판사에 입사하겠다고 한다면 이는 번지수를 잘못 찾은 것이다.

그리고 특정 출판사에 입사하고자 한다면 그 출판사에서 출간한 책의 이력 정도는 살펴보고 읽어보고 가는 것이 기본이다. 이 출판사에서 어떤 책을 출간하는지도 모르면서 입사하겠다고 지원하는 사람을 바라보는 출판사 담당자의 입장을 생각해 보아야 한다는 말이다. 그런데도 그런 사람이 의외로 많

다는 출판사 담당자의 말을 들으면서 우리 또한 우리 태도를
돌아보았다.

출판사는 우리나라에서 열악한 직종 가운데 하나로
잘 알려져 있다. 급여는 최저 수준이요, 근무 시간은
들쭉날쭉하고 야근을 밥 먹듯이 하며 잘못하면 일한 대가도
받지 못하고 쫓겨나기 일쑤라는 등의 소문이 떠돌고 있으니
말이다.

물론 그린 업체가 이주 없지는 않을 것이다. 그러나 요즘 출
판계는 예전과 많이 달라, 비상식적인 일은 점차 사라져 가고
있다.

하지만 급여 수준은 썩 높지 않다. 금융계 대졸 초임이 3천
만 원을 넘는다고 해서 자사 이기주의니 금융 위기의 진원이
라느니 하는 비판을 받고 있는 것에 비하면 너무 초라해서 어
디 가서 출판사에 근무한다고 명함도 내밀지 못할 정도다. 그
러나 과연 그럴까?

일반적으로 우리나라 출판사의 초임은 연봉 2~3천만 원 정
도다. 그러나 3천만 원 수준의 출판사는 손가락으로 꼽을 정도
이고 대부분은 2천만 원 언저리다. 그러니까 출판사에 근무하
려는 사람은 초임을 2천만 원으로 상정해야 할 것이다. 그래서
박봉이라고 소문이 나는 것이다.

그런데 출판사가 반드시 열악한 직장일까? 그건 아니다.

우선 출판은 전문직이다. 그래서 출판사에 근무하는 사람은

특별한 일이 없는 한 시간이 갈수록 업계에서 환영을 받는다. 다른 직종에 근무하는 사람이 시간이 갈수록 퇴출 위기에 처하는 것과는 정반대다. 우리가 취재한 바에 따르면 40대에 들어서는 편집자의 경우 연봉이 4~5천만 원에 이르는 경우가 태반이었다. 특히 우리 사회의 여성 인력 기피 상황과 비교해 보면, 편집자 가운데 주류를 이루는 여성들이 그 나이에 이 정도 연봉을 받으면서 자신이 내고 싶은 책을 내는 즐거운 일을 하는 것은 옆에서 보아도 멋져 보였다.

게다가 더욱 부러운 것은 글을 쓰거나 출판사를 창업하는 등의 출판 관련 업무를 할 수 있는 능력을 갖추게 된다는 것이다. 지금도 출판계에는 편집자나 영업자로 입문해서 자신만의 출판사를 세운 사람들이 많다. 우리가 취재한 출판사 가운데도 그런 경우가 몇 있었다. 그래서 대부분의 출판계 사람들은 나이가 들수록 주위 친구들로부터 부러움을 산다고 한다.

출판사에서 요구하는 인재가 책을 좋아하는 사람, 글을 잘 읽고 잘 쓰는 사람이라고 해도 기본적인 출판 업무를 아는 것은 중요하다. 학교에서 출판에 대해 가르쳐 주지도 않고 또 상당한 전문직이라 쉽게 이해하기가 어렵기 때문이다. 그래서 출판 업무와 관련된 강좌를 개설한 곳이 여러 곳 있다. 한국출판인회의라고 하는 출판사 단체에서 운영하는 SBI(Seoul Book Institute), 그리고 한겨레신문사에서 운영하는 한겨레문화센터 등에서 출판 관련 강좌를 개설하고 있다. 출판사 채용 담당자들의 말을 들어 보면 이런 교육기관을 거치지 않은 사람은 거의 없다고 한다. 그러나 그런 강좌를 듣는다고 해서 출판사에서 곧장 실무를 담당할 수 있는 것은 아니다. 그래서 한 출판사 대표는 이렇게 말했다.

"그런 교육기관에 돈 내고 다니느니 자기가 마음에 드는 출판사에 가서 '저 여기서 몇 달 동안 심부름 하면서 배우면 안 되나요?' 하고 찾아가 현장에서 배우는 것이 훨씬 경제적이다."

그도 그럴 것이다. 학원 안 다니니까 돈도 안 들고 어차피 출판사에 들어가면 처음에는 허드렛일부터 할 텐데 이런저런 일을 배울 수 있으니 일석이조 아닌가 싶기도 하다.

**4
출판사에서
하는 일**

우리는 출판사 하면 모두들 조용히 앉아서 원고를 들여다보는 것을 상상한다. 그러나 그렇지 않았다. 한 권의 책을 만들기 위해서는 디자인, 필름 출력, 인쇄, 제본이라는 다양한 과정이 필요하다. 그중에서도 필름 출력, 인쇄, 제본은 출판사 밖에서 이루어진다.

따라서 이러한 과정을 이해하는 것이 무척 중요하다. 인쇄나 제본을 인쇄소와 제본소에서 담당한다 해도 책을 만드는 사람이 업무 내용을 모르는 것과 아는 것은 하늘과 땅 차이가 있다. 그뿐이랴, 요즘은 종이의 종류도 수백 가지에 이를 정도로 다양하다. 그렇기 때문에 어떤 종이를 선택할 것인가 하는 것도 유능한 출판인이라면 판단할 줄 알아야 한다. 인쇄하는 기계의 종류도 다양해서 어떤 기계에 인쇄를 하느냐에 따라 비용, 색상, 종이 종류 등이 결정된다. 제본도 마찬가지다. 또

221

요즘은 표지에 여러 가지 기법을 활용하는 추세다. 오톨도톨한 효과를 내기도 하고 압착 효과를 내기도 한다. 따라서 이러한 모든 제작 관련 기법을 아는 것은 모르는 사람에 비해 엄청난 경쟁력을 확보하게 되는 것이다.

누군가가 진정 출판인으로서 성공하고자 한다면 책을 가까이 하는 것 외에도 늘 책을 만드는 과정에 관심과 호기심을 보이는 것이 필수라 할 것이다.